开学第一课

依据国家教育部和中央电视台
联合主办的《开学第一课》活动
·············· "我爱你，中国！"主题拓展原创版 ··············

梦里梦外海蓝蓝

中央电视台《开学第一课》编写组 编

时代文艺出版社

图书在版编目（CIP）数据

梦里梦外海蓝蓝／中央电视台《开学第一课》编写组编.—2版.
—长春：时代文艺出版社，2016.1（2023.7重印）
（开学第一课）
ISBN 978-7-5387-4951-9

Ⅰ.①梦… Ⅱ.①中… Ⅲ.①中国文学—当代文学—作品综合集 Ⅳ.①I217.1

中国版本图书馆CIP数据核字〔2015〕第257201号

出 品 人　陈　琛
责任编辑　余嘉莹
装帧设计　孙　利
排版制作　隋淑凤

梦里梦外海蓝蓝

中央电视台《开学第一课》编写组 编

出版发行／时代文艺出版社
地址／长春市福祉大路5788号　龙腾国际大厦A座15层　邮编／130118
总编办／0431-81629751　发行部／0431-81629755
官方微博／weibo.com／tlapress　天猫旗舰店／sdwycbsgf.tmall.com
印刷／北京市一鑫印务有限公司
开本／710mm×1000mm　1／16　字数／120千字　印张／12
版次／2016年1月第2版　印次／2023年7月第3次印刷 定价／36.00元

图书如有印装错误　请寄回印厂调换

敬启
　　书中某些作品因地址不详，未能与作者及时取得联系，在此深表歉意。敬请作者见到本书后，通过以下方式与我们联系，我们将按国家规定支付稿酬并赠送样书。
　　E-mail：azxz2011@yahoo.com.cn

《开学第一课》编委会

编委会主任：韩　青　许文广

主　编：许文广

副主编：卢小波

编　委：张雪梅　骆幼伟　张　燕　吴继红

　　　　若　安　段语涵　齐芮加　乔　枫

　　　　贾　翔　仝瑞芳　娅　鑫　徐　雄

　　　　李　君　古　靖　邓淑杰　李天卿

　　　　曾艳纯　郜玉乐　孟　婧

《开学第一课》的价值

有人问我，《开学第一课》的价值体现在什么地方？我认为最重要的就是全社会希望并通过我们传递出来的价值观。多元是时代进步的标志，我们尊重不同的声音和价值理念，但是作为教育部和中央电视台联手举办的一项公益活动，我们要传递的是主流的、与时俱进又符合中华文明传统的价值观。

在2008年，我们通过《开学第一课》传递了抗震精神和奥运精神；2009年正值新中国60周年华诞，我们在象征着民族精神的长城，为孩子们播撒下爱的种子；2010年，我们告诉孩子们，一个拥有梦想的民族，一个不断仰望星空的民族，就是拥有未来的民族，人生的每一个阶段都需要梦想的指引、坚持和探索，而每个人的梦想汇集起来就可能成为国家的梦想、民族的梦想。

举办《开学第一课》三年来，我个人也有一个梦想，我梦想这项目光远大、朝气蓬勃的公益活动能够坚持举办十年，让它给这一代孩子的成长提供正面的、积极向上的力量，这就是《开学第一课》的意义所在。

我希望全社会的力量汇集起来，给孩子们一种价值观的教育，中央电视台愿意承担使命，连同教育部把这项公益活动做好。我们也欢迎全社会各界积极参与、支持，从出版、纸媒、网络、志愿行动、慈善事业等各个方面，加入到这个追逐共同梦想、打造恒久价值的公益活动中来。

由此，我亦十分高兴地看到《开学第一课》系列丛书的出版，我相信时代文艺出版社正是基于我们共同的理想，以出版的力量为孩子们的未来创造了更丰富的阅读食粮，为《开学第一课》的精神理念提供了更多样的传递方式。

中央电视台 许文广

目 录

003

第十二部分　寻梦花园

第十三部分　苹果里的星星

第一部分

留在河边的歌

　　春天，我俩在河边的草地上玩耍，嬉戏；夏天，我俩在小河里打水仗，捉鱼虾；秋天，我俩靠在河边大槐树上谈心；冬天，我俩用小石头砸开河上的冰，尽情地玩，尽兴地乐。那时，我们别提有多高兴了。

——马慧敏《留在河边的歌》

留在河边的歌

马慧敏

"长亭外，古道边，芳草碧连天……"每当唱起这首歌，我便不由地想起那张笑脸，想起了远在他乡的婷。

婷是我小学六年的同窗，我俩曾亲如姐妹，可如今，却有好长时间不曾见面了。每当手中握着她的照片，我的心里总是有些难过。自从我们分别后，我很少来这条河边玩，因为河水悠悠，会勾起我对往事太多的回忆。

那是小学五年级的事。我们班选班干部，连续几年担任班长的我竟落选了，我好不甘心。那时的我，骄傲，蛮横，是那么的不可一世，又唯我独尊，这次的落选，给了我沉重的打击。

婷看到我这个样子，便在一个春光明媚的下午，约我到我家附近的河边玩。那天下午，我们促膝谈心，她像个大姐姐似的劝慰我，帮助我。她帮我找我的优缺点，还告诉我不能为一点小挫折就泄气，应当改掉缺点，努力完善自己……

自从那次以后，河边又多了一个身影。春天，我俩在河边的草地上玩耍，嬉戏；夏天，我俩在小河里打水仗，捉鱼虾；秋天，我俩靠在河边大槐树上谈心；冬天，我俩用小石头砸开河上的冰，尽情地玩，尽兴地乐。那时，我们别提有多高兴了。

婷爱唱歌，我爱听。她的歌声很甜很美，给人一种说不出的好感觉。每当来到河边，她总会唱歌给我听，还教几首给我。那些歌，每次唱起来我都觉得快乐。

有一次，我们玩了好长时间，玩累了，坐在河边大石头上，她说："我教你唱《送别》吧！""不！我不学！这首歌是送别时唱的，我可不愿我身边的人离开。"可婷不依，说这支歌好听，硬要教我。没办法，我就学了起来："长亭外，古道边……"于是，这支歌便也留在了小河边。

时光如流水，不知不觉，小学快毕业了。一个星期天的下午，我们又相约来到了小河边，没想到这次，竟成了我们的分别。记得那天，我们都哭了，她捡起一朵槐花送给我作为纪念。

　　小河水缓缓地流着，好像也在为我们的分别而难过。临走，我唱起了那首《送别》："长亭外，古道边，芳草碧连天……"

　　如今，小河依旧，槐花依旧，婷却不在我身边了，这怎能不叫我伤心呢？掬一捧小河水，拾一朵白槐花，唱一首《送别》，我把这些都留在了河边，等着婷早日回来……

（指导教师：李亮）

第一部分　留在河边的歌

和你在一起

张 彤

我已经忘记了，那日的天空是怎样的明朗，但我却清晰地记得，那一天，我们班沸腾了，全校沸腾了。

那一天，从地震重灾区四川绵阳江油市转来一名学生，他竟然被分到了我们班，成了我们的同班同学。他一进教室，全班立刻沸腾了，大家用尽全身的力气去鼓掌，来表示对他的欢迎。他惊讶地看着大家，看着这一张张如此陌生而又亲切的面孔。从他那明亮的眸子里，我分明看见了感动。

他叫陈果，很文静，给人很懂事的感觉。他坐在了班上成绩最好的班长旁边，同学们向班长投去了羡慕的目光。班长激动得不知说什么好。

班里没有多余的教材，大家为难了。就在此时，出了名的"调皮大王"为陈果搬来一套崭新的课本，陈果向他表示感谢，"调皮大王"倒不好意思了，一片红云爬上了脸颊，低声说："别客气，都是同学嘛！"多么感人的场面啊！很多同学都感动得流了泪，我的眼前也朦胧了。

普通话讲得不好的班长，为了更好地帮助陈果，主动练起了普通话。望着一脸正经、发音不太标准的班长，我笑了。我发现陈果也笑了，但他的眼里却闪着泪花。

放学时，大家纷纷邀请陈果去自家吃饭，他又笑了。他虽然不知道每个人的名字，但他知道，大家都是疼爱他、关心他的亲人。

大家明白，那场灾难给他和许多的孩子留下了创伤，留下了阴影，所以都不愿提起那场灾难，不愿带给陈果痛苦。而从陈果那张稚气未脱的脸上，我们也并没有发现太多的焦虑与不安。是啊，面对突如其来的灾难与前方未知的坎坷，陈果选择了坚强。我们也应该和他一样，选择坚强。风雨再大，我们会一直握着他的手，保护他，不让他再受伤害！

陈果，无论何时何地，我们都和你在一起！

(指导教师：李金辉)

拼 座 位

黄玉谊

刚开学，老师分座位时，别人似乎都躲着Y，仿佛她是瘟疫。

Y下意识地低下了头，上齿轻轻咬着下唇。老师很为难，因为我们班里的人数正好是偶数，所以必须有人和Y坐一桌。我不解地环顾四周，只觉那片黑压压的死寂令人心寒。我"蹭"地举起手来，身后顿时响起了一片嘈杂声。我瞟了瞟Y，只见她长长地呼了一口气，接着向我投来了目光，但那双眼睛中仿佛带着几丝嘲弄，当我想继续读懂她眼中的含义时，她已扭过头去了。

下课铃一响，教室里顿时沸腾了，同学们三五成群地聚在一起，其中几个还时不时地回过头瞥我一眼，又马上低下头去咻咻地笑，我俨然成了一个踩着皮球的小丑，同学们看客似的目光让我这个"小丑"在球上摇摆几下，掉了下来。我沉住气问道："你们在聊些什么？"一个女生往Y那空空的位置上扫了一眼，然后向我招招手，在我耳边低声道："Y的家是开熟食店的，身上总有一股花椒大蒜味，难闻得很！"说完向我投来怜悯的目光。这"料"来得如此突然，我脑海中忽地闪过Y刚才那丝嘲弄的目光。

我拿着书包坐到Y身边时，一股花椒大蒜味如期而至地灌入我的鼻腔，我微微地皱了一下眉，但依旧友好地冲她笑了笑。谁知Y竟"哼"了一声，扭过脸去，不再出声。我心一沉，也默默地拉开椅子坐下。

日子还得照常过，那股熟悉的花椒大蒜味依然在我周围的空气中飘散着。Y也不知从何时起，喜欢凑到我身边问一些简单的问题，每当她一靠近，那股气味便越加浓烈。我开始慢慢察觉这好像是她的刻意行为，但我全然当自己的鼻子坏掉一样，仍旧面不改色地解答她的疑问。有时我用余光瞥见她在呆呆地看着我的侧脸，真不知那让人难以琢磨的脑袋又在想些什么。

一个清晨，我刚一落座，就皱了皱鼻子，张望着四周，问Y："什么东西这么香啊？"Y的脸顿时通红，不敢直视我，只是从书包里拿出一朵娇艳的月季花递给了我，并小声地说："送你的！"我愣了一下，顿时恍然大悟，忙追问道："真的吗？"Y微笑着，使劲地点了点头。

　　"其实，我每天都要洗澡的，还要洗好多次手和脸，可是……"我笑了，拍拍Y的头，像个大姐姐那样说："傻丫头，每天白白地闻肉味，我都馋死了呢！"

　　我未曾想过，那段校园八卦的背后，竟会蔓延出这柔丝一般的友情。

（指导教师：袁虹）

我们班的"捣蛋鬼"

吕泽宇

　　"砰！"我望着又一次被踹坏的门槛，无语地摇了摇头，能做出这等事的人，用鼻子想也知道，是我们班上鼎鼎大名的"破坏王"王艺舟了。

　　周钰洁立刻站起身，用手一指，眼睛再一瞪，厉声喝道："王艺舟，你干什么！"

　　王艺舟把头向前一探，眉毛微皱，眼睛快速地眨了几下，嘴巴也嘟了起来，一脸无辜的样子。乍一看，就好像干这缺德事的是站他后面一脸坏笑的卢麒。

　　周钰洁也是无奈地摇摇头，用一只手托着脑袋，坐了下来，接着做她的作业去了。

　　"真是我们班的一大'活宝'啊！"

　　王艺舟刚侥幸地逃过一劫，又嬉皮笑脸地朝着一群正掰手腕的同学们走去，二话不说，便挤开他们，独自坐了下来，一场好看的比赛也即将开始……

　　王艺舟可是我们班上鼎鼎大名的'捣蛋鬼'啊！他不仅力气大如牛，那脾气也是……

　　这次他掰手腕的对手是蔡渝鑫，当蔡渝鑫看见他所要比试的对手时，刚刚还春风得意的表情立马变得精彩起来了。扬起的眉毛无声地落了下来，眼神也随之黯淡了几分，而先前还略微保持几分幅度的嘴角也是放了平。

　　王艺舟则不多说话，一把拉住蔡渝鑫的手，便开始了比赛。刚一开始，蔡渝鑫的脸便涨得通红，两只眼睛死死地盯着桌面，嘴唇紧锁，一看便知道他已用了全力。而反观王艺舟，则是气定神闲，桌面上的两只手半晌也没有动静。突然，王艺舟像失去了兴致一般，微微用了一些力，已是强弩之末的蔡渝鑫便立刻败下阵来。

而获胜者王艺舟也没有多大的兴奋，又一个闪身，便是消失在了门口……

哎！这个王艺舟啊！他难道不知道接下来马上便是语文老师的课吗？

没过多久，上课铃响了，语文老师一只手拿着《新支点》，一只手背在身后，走上了讲台，刚讲了"上课"二字，便被"砰"的一声撞门声给打断了。与此同时，还有一声若无其事的"报告"——

王艺舟无视语文老师那暗含"杀气"的目光，嘻嘻哈哈地走到了自己的座位旁，镇静地坐下来，拿出一本语文书，就准备与邻座的同学讲讲话。

语文老师放下《新支点》，眯起双眼，斜盯着王艺舟，有几丝怒气涌上心头，当下喝道："王艺舟，你到底想不想上语文课，如果你不想上，马上走。"

王艺舟又是一副楚楚可怜的样子："想上……"

"那好，到后面去，站着听课！"

王艺舟只好灰溜溜地站到教室后面去了。

"你书也不带？"语文老师在一片哄笑声中问了一句。

"哦……"王艺舟应了一声，这才慢腾腾地走回座位，再拿着书站到了后面去。

"哎！这王艺舟啊……"语文老师叹了口气，摇了摇头。

语文课一下，便到了放学的时候，同学们个个都归心似箭，我自然也不例外，一拎书包，便抢先朝楼梯口冲去，然而路过16班时，脚下一滑，重心一个不稳，便立刻摔了个四脚朝天。

"嘶……"我艰难地站起身，却疼得我龇牙咧嘴的，"扭到脚了，真倒霉……"我在心中一阵抱怨，望着那一个个朝楼梯口冲去的同学，心中一阵惆怅——他们竟然都不帮帮我……

我一扭头，便看到王艺舟那若无其事的身影正朝我走来，我心里一阵警惕，这家伙来，准没好事。加上我现在已经扭伤了脚，也逃不了……

就在我心里闪过无数个念头时，他的手已经往我身上一搭，顺势扶起我向前走去，一面走还一面说："哼，扭到脚了吧，这么急干吗，还得让我辛苦一趟，把你送回家……"

我听着王艺舟的话，看着他扶着我向前走去，心里莫名地涌出了一丝感动，或许，这才是王艺舟真正的性格吧……

（指导教师：杨宇鹏）

第一部分　留在河边的歌

王熙的"气泡掌"

周 洁

从心底来说，我十分佩服我们班的男生，他们个个都有一些让人刮目相看的本领，譬如王熙的"气泡掌"便堪称一绝。

所谓"气泡掌"，便是指由王熙同学研发的一套掌法。主要是靠左手紧握右手，不停地收缩，通过收缩发出的气泡声音，极像从水中冒泡泡的声响。不同的情景下这声音是不同的。

上课的时候，若是讲到关键处，听到干脆利落又响亮的几声"噗噗噗"，那意思就是"懂了，原来是这么回事"；若是听到连绵不断的几声，便是思维短路，或是有些疑惑了；若是听到"噗－噗－噗－噗噗－噗噗噗"之类的越来越轻快的调子，便代表着激动兴奋。

作为"气泡掌"创始人的王熙自然是已经练到出神入化的境界，功力高达九九八十一层，当马骋、裴方贺尚处于入门阶段——只能依靠在掌中弄些水来发出声响时，王熙已能给流行音乐伴奏了。

某日我们上五楼电教室听英语课，课前老师放了有节奏的英文歌《SHE》来放松。只听我的正左方传来有规律的泡泡声，很有节奏，保持在一小段时间"噗"声未断又分明听出层次感，绝！我露出惊讶的神情，王熙却极其镇静地向我介绍道："这是四个八拍的。"那一刻，我简直要把王熙当成"外星人"来看。

随着王熙的技术越来越高超，陈欣和刘国首同学也加入到了学习"气泡掌"的大军之中。于是，我时常有种身处深海的感觉，好歹也让我这个旱鸭子体验了一回潜水的乐趣。

朋友，你也想学吗？那就赶快来吧，趁现在"气泡掌团"还只有五位英雄好汉，总是有机会让师父给你亲自指点指点。

（指导教师：朱玉荣）

左同桌档案

王博文

我的左同桌叫任正君，这是一个十分考究的男生的名字，让人一听仿佛回到那个"君子之乎者也"的古代。

任正君的长相很对得住他的名字，虽然长得不是很帅，但是很端正。这一点从他那笔挺的身材，高高的个子，方方正正的大脑袋就可以看出。

任正君最大的特点就是头大，于是我们班同学给他起了个外号叫"大头"。这个外号叫得时间长了，竟有了条件反射。一日，任正君在走廊上弓着腰扫地，班主任正在教室里发表长篇大论，班主任说道："我们要把迟到最多的人数报上去，看谁当咱们班的冤大头。""大头"这两个字刚一出口，就只见任正君的大脑袋从门外伸了进来，一脸的无辜与茫然，仿佛在说："刚才谁叫我啦？"

任正君姓"任"，声近似于"人民"的"人"，由于这个姓的原因，他吃了不少亏。如果我们彼此之间用"小"字相称，比如小王，那任正君就成了"小人（任）"，还真有意思。叫全名还是"正人君子"，叫昵称就成了"小人"。如果我们彼此之间用"老"字相称，如"老王"，那么任正君就成了"老人（任）"，也真奇怪，一个十四五岁的小男生，怎么能叫"老人"呢？

011

不过任正君也有沾光的时候。篮球界称姚明为"大姚"，换到任正君身上就是"大人（任）"，在不知不觉中他就由"平民"升到了"大人"。

任正君有一个长满问号的大脑。我们称他的问题为"科学家"的问题，他问过的最经典的问题是："老师，我把我们家电器插座的插头放到水盆里，为什么没有电解出氢气和氧气呢？"化学老师让这个问题给问蒙了，只得回答说："如果那样做，你们家的盆子一定爆炸了。"诸如此类科学家的问题还有很多。

（指导教师：朱玉荣）

夏天的歉意

王海燕

不知不觉，知了开始吵个没完，夏天是真的来了。窗前那一排月季开得招摇，肆无忌惮地展示着妖娆的身姿。细碎的阳光撒了一地，梧桐斑驳的叶影在快活地起舞。一切都蓬勃得让人兴奋，而我，却索然无味，因为我想我的朋友。

回忆总是这么不争气，在最不需要的时候，就忽地窜上心头。

还是那个空气里飘满栀子花香的夏天，我在想你。曾经，和我坐在青石板上一起消磨午后时光的你，如今却是天各一方。我们是好朋友，都有倔强的性格。因为一个问题的分歧，我们吵得面红耳赤，我口不择言竟然骂了你。你转身夺门而去。我猛然意识到自己的错误，多想马上向你道歉，可徘徊再三，却始终没有说出口。

我感慨自己的友情真是单薄，像盛满水的玻璃杯子，在虚荣面前竟是如此的不堪一击。我们都在等待对方先开口，但事与愿违。青春年少都张扬，锋芒毕露，不懂得收敛与相互包容，谁也不肯服软，也羞于低头。时光在日升日落中悄悄流失，光阴如书页哗啦啦翻过。在僵持中，想不到你搬家了，就像所有小说中写的一样，搬到了遥远的地方，永远地离开了这个小小的城市。

你留给了我一只布毛毛狗，我很喜欢的那种，还有你歪歪扭扭的一行字：不会说话的两只小狗。我不由得哑然失笑，我们确实像两只高高翘起尾巴的小狗，抖着浑身的毛做出了不屑一顾状，但心房里却早已装满了一种叫懊悔的东西。在我十四岁的青春岁月里，失去友情的痛苦很认真地咬了我一口。

朋友，你可知道，在这个炎热的夏天，我们之间陈旧的记忆成了我遮天蔽日的浓荫。朋友走了可以再有新的，可清凉的回忆却独一无二，它是一坛陈年的佳酿，只有经过时光的发酵方可品出香醇。

　　朋友，路途遥遥，我的歉意你能收到吗？我想你能，因为青春年少的我们就是两只小狗，虽然骄傲得互不理睬，各走一边——其实转弯时，我在偷偷看你，你也在偷偷看我。

（指导教师：苏茂新）

013

第一部分　留在河边的歌

校园记事本

向子渊

青春的阳光做书页，清脆的笑声做笔墨，翻开成长记事本，校园里的一幕幕趣事迎面而来。

吴周氏的口水

我的前排同窗，名曰吴周川啸，好有气派的名字啊！果然，人如其名：丹凤眼，悬胆鼻，虎背熊腰，口水甚多。也许你会奇怪，"一代豪杰"怎么会口水多多呢？

原来吴周氏成绩平平，烦恼多多，因为他有一个"残酷"的绰号——elephant（大象）。"这不是有损我的光辉形象么？"吴周氏很不高兴。为了重振自己的声誉，吴周川啸利用课余时间休养生息，酝酿了一大堆口水，以备在别人侮辱他时"发射"出去。

"elephant，数学作业写好没有？快交作业！"组长来催作业了，此时吴周川啸已潜伏在桌子下，只等"敌人"来叫阵。见此一跃而起，怒道："凭什么交？我就不——交！"说着趁机将贮存已久的口水喷涌而出，害得花容月貌的组长脸色由白转紫，立马逃回营地。这一战使她好半天无精打采。

经过这次"战役"，大家对吴周川啸另眼相看，跟他说话时也小心翼翼。没过多久，吴周川啸又得一外号——口水龙。

小胖的草裙舞

小胖，顾名思义，人小体胖，天生的乐天派。

小胖是住校生，住校在我看来很是艰苦：吃没油的菜，睡木板床，没零食吃。可小胖住校一学期，依旧"膘肥体壮"。乏味的住校生活，因为有了小胖，一切都不一样了。

在一个冷风呼啸的夜晚，住校生们想家了，一个个轻轻地啜泣着，而小胖却不以为然。她扭着小蛮腰，划着圆胳膊，模仿水波粼粼的样子，逗大家笑。可大家无动于衷，于是小胖随手将枕巾缠在腰间，弯腰做乞讨状："行行好，赏个子儿吧？"大家终于哄笑起来，思乡之情自然烟消云散。趁热打铁，有人提议小胖跳个舞，她不拒绝，翩翩舞来，顿时又是一片笑声。

小胖深受鼓舞，一会儿是"天鹅舞"，一会儿是"千手观音"，欢笑声引来了其他宿舍的同学，结果笑倒一大片。

……

三月的微风吹拂着青春的脸庞，希望的小鸟在枝头歌唱，校园记事本还在继续记录着我们的快乐……

（指导教师：赵凯）

第一部分　留在河边的歌

掌 声

王若男

阶梯教室中，人声鼎沸，喧闹异常。马上就要开始初一年级诗歌朗诵比赛了。瞧，选手们个个神情紧张，一遍又一遍地背着自己的朗诵稿。

随着悠扬的音乐响起，比赛正式拉开了帷幕。

"3号选手，蔡玉盈。"玉盈上去了，似乎因为紧张，她连走路也不顺畅了。她拿起话筒，握紧，舔了舔嘴唇，开始朗诵。"大家晚上好，我是初一（3）班的蔡玉盈……"台上一分钟，台下十年功，玉盈准备这次比赛连五天都不到，怎叫我们不紧张、担心？也许，我们这些台下的观众比台上的选手还紧张。这时的空气是如此稀薄，让人要无法呼吸了，而心又跳得那样快，快得好像要跳出来了。

一句又一句都流畅地说下来了，正当我慢慢放下悬着的心时，心又一下子提了起来——她忘词了。我焦急地望着她，可千万别这样啊！快想起来啊！这时，后面响起雷鸣般的掌声，我也使劲地拍手，似乎这样做玉盈就能想起词来。掌声中，玉盈又开始了朗诵。

这一刻，我含着泪水。一个人，就是该受鼓励的，不是吗？现在，鼓励最好的方法便是鼓掌。接下来，玉盈的朗诵便如鱼得水了，最终赢来了掌声雷动。

时间一分一秒地过去，轮到我们班另一位选手少珍了，从她那张红柿子般的小脸上，足以看出她的紧张……

仍是掌声，此时，她们正在领奖，两人都是二等奖。虽然她们没有赢得一等奖，但她们赢了自己。一等奖的人需要掌声，但二等奖、三等奖的人也需要掌声，因为她们战胜了自己。

（指导教师：郑秀贞）

第二部分

"圆"心中的完美

　　小鸟啾啾地歌颂着自然的美好，河水在绿油油的森林中蜿蜒地穿过；白云时而在天边摇晃，时而挡住太阳的笑脸；脚下的花欢快地笑着，一朵朵地怒放……圆陶醉了。

　　　　　　　　　　　　——韩墨《"圆"心中的完美》

"圆"心中的完美

韩 墨

　　我姓韩名墨，取"黑土"之意。我出生于黑土地，成长于黑土地，从黑土中汲取营养：质朴与深沉。

　　圆，一个完美的圆，无意中有了一个缺口。这使原本因自己完美无缺的身躯而自豪的圆自卑起来。"我不再完美了！怎么办？嗯，我一定要找回我丢失的那一点！"圆十分伤心地哭诉着。

　　想到这里，圆更加失落了。它回忆着当初的画面：

　　自己在阳光下优雅地转着圈，与朋友们舞动着浪漫的华尔兹；自己快速地在草地上奔跑，享受着风雨无阻的快感……

　　"我一定要重新完美！"圆坚定地说。

　　圆起先缓慢地在草地上翻滚着，它不知道什么时候才能成功。

　　就在这时，微风吹起，圆从未感受过微风的气息。

　　"这是什么？好像一只温柔的手在轻抚着我的脸颊。"圆闭上眼睛，任由调皮的微风在自己的身旁跳跃。

　　小鸟啾啾地歌颂着自然的美好，河水在绿油油的森林中蜿蜒地穿过；白云时而在天边摇晃，时而挡住太阳的笑脸；脚下的花欢快地笑着，一朵朵地怒放……圆陶醉了。

　　它不愿睁开眼睛，因为此时，它正在飘飘然地享受着它完美时从不曾在意的大自然的美好。

　　当它睁开眼睛时，原本湛蓝的天空中已是乌云密布。

　　"要下雨了！我要加快脚步！"圆用力地滚动着，想要躲到树下避雨。

　　当它刚刚躲到树冠下时，雨滴，已经滴滴答答地投向了大地的怀抱。圆，嗅着泥土的气味，睡着了。

当它醒来时，彩虹挂上了天空，像一座美丽的天桥。圆轻呼了一口气，它不再觉得自己是残缺的、不完美的了。圆决定，以另一种方式让自己更完美。

(指导教师：史吏)

醉中带笑

张 玉

一直坚信，书是我最好的朋友。

我喜欢读书，如痴如醉。我不是个好动的孩子，所以我不喜欢到处闲逛，更不喜欢吵闹的人群。我喜欢静静地坐在写字台前，摊开一本书，细细地读。我喜欢这样沉默的朋友，它会一直陪着我，永远不会讨厌我。书中，有更多的朋友等待我。读书，让我沉醉。

我喜欢读书，如痴如醉。我不是个多话的孩子，所以我不喜欢与人交流，更不喜欢人多的地方。我喜欢静静地站在阳台上，手中握着一本《席慕蓉诗集》，对着窗外吟诵，去感受作者的情感，那种我现在无法读懂的乡愁和那一丝"剪不断，理还乱"的爱恋。我为诗人的或喜或悲时而大笑，时而流泪，我为书中的一次离别、一次相聚而感动。读书，使我沉醉。

我喜欢读书，如痴如醉。我不是个坚强的孩子，所以我读海伦，读《钢铁是怎样炼成的》。我希望可以像海迪姐姐一样坚强。书是我最好的朋友，的确，我变得勇敢，我不再畏惧风浪。我坚信自己会成功，会战胜一切。我不怕失败，失败了又能怎样？跌倒了，爬起来，擦干眼泪，我可以继续飞快地奔跑。读书，使我沉醉。

我喜欢读书，如痴如醉。我从书中了解了中国的历史、世界的发展；我从书中懂得了人生的短暂、生命的美好；我从书中学会了真诚地与人交流和沟通……

书教会了我太多太多，而它却从不向我索要什么。我喜爱读书，以书为伴，生活充实而富有色彩。读书，使我沉醉。

我醉了，醉在书中。醉中，嘴角泛着笑……

（指导教师：张晓）

成长的足迹

白金宇

天生我材必有用。

蓦然回首，那深深浅浅的足迹已然印在了我成长的路上，连同那一个个难以忘记的故事。

考试——让我欢喜让我忧

开学没几天，就迎来了第一次考试。俗话说"临阵磨枪，不快也光"。这不，昨晚我就来了个小半宿的"磨枪"工作。今早起来，头有些发沉。管不了那么多，穿衣，吃饭，直奔考场。嘿，还别说，昨晚的熬夜工程挺管用，考语文的时候，我一路过关斩将，把所有的试题全部拿下。可是考数学的时候就不那么乐观了，由于熬夜，头脑昏昏沉沉的，那些熟悉的数字都变得陌生起来。

考试总算结束了。发表成绩这天，我这心里像装了十五只吊桶——七上八下的。蓦地，一声惊呼传入耳内："白金宇，语文98分。"哈哈，我身子轻飘飘的，似要飞起来。突然又是一声："数学86分。""啪"的一下，我又从空中掉到了地上。

这真是几多欢喜几多愁。看来要想"枪"快又光，还真不能临阵现磨。

周末——我和劳动有个约会

好不容易盼到了周末，这回我可要好好放松一下，把一周少睡的觉通通补回来。早晨，我还在梦中与周公会晤，就听见爸爸妈妈在我身边喊："太阳照屁股了，还睡！"

没办法，我只好提前和周公说再见。按妈妈的话说，"好男儿，只有扫得一屋，才能扫天下"。所以，每周末我都要负责搞好家庭卫生。忙完这事，又忙那事，还不能没有条理性。用爸爸的话讲就是"好习惯是成功的一半"。

忙完了，抽空给好朋友打个电话："忙什么呢？""尽孝心呢，干活。"哦，朋友亦如此，我笑了。是啊，我们长大了。

成长的路上有着丰富多彩的故事，不管它是大，是小，或忧，或喜，都构成了我生命旅程中一道道亮丽的风景，让我一步步走向成熟。

（指导教师：苏建红）

从那天起，我长大了……

罗　静

　　自私、懒惰、骄傲……屈指算来，我的，缺点还真不少：还未开饭就坐在桌前自顾自地吃喝，得了一次满分就沾沾自喜……我也知道这样不好，但我为什么要改变自己呢？反正父母每天从里到外都为我而忙碌，我这样不是过得很舒服吗？但在一次偶然中，我读到了一封信，让我重新了解了父母对我的苦心。从那天起，我长大了。

　　早饭，发现早点是我不喜欢喝的牛奶，就把碗向前一推，正要喊爸爸，却无意中发现碗底下垫了一个本子，上边好像写了些什么，我顺势拿起来，只见上面写着："罗静，你好……"哟，这是封信，还是写给我的。信上那刚劲有力的字迹，我一眼就认出是爸爸的，我迫不及待地读了下去："看到这封信，相信你一定感到奇怪。不在爸妈身边过得可否习惯？"这可把我给弄糊涂了，怎么会"不在爸妈身边"呢？

　　我带着这样的疑问继续往下读："天冷了，衣服自己要记住多穿，不要冻坏了身体，想吃什么就买，爸妈这儿还有点钱……"这一大串话是这么亲切与体贴，就像爸爸平时对我的关心一样，真是无微不至。可是，我现在不是好端端地待在父母身边，在他们的庇护下快乐地成长吗？信中的我却似乎已经远走高飞，离开了爸爸妈妈，这是怎么回事呢？一个念头在我心头一闪：这是爸爸写给未来的我的？

　　"在大学里，要努力学习，争取利用这最后的几年，再学些知识。知识是不嫌多的。和同学老师的关系好吗？遇到了矛盾多想想自己的过错，别太往心里去。"原来真是写给未来的我的呀。

　　爸爸考虑得多么周密呵，连女儿的学习、为人处世这些事，都想到了。您还是不放心我的这些坏毛病：自私、骄傲……

　　"爸爸、妈妈盼星星盼月亮，就是盼你能快快长大，盼你能考上大学，我们再辛苦再累都心甘情愿，只希望你能像小鸟一样，飞得又高又远，飞在众人之前。"看到这儿，我觉得眼里的液体在往外冲，往外涌。

我眼前似乎又浮现了一幕幕：大冬天的清晨。爸爸为了让我能多睡一会，天还没亮就起来为我做早餐；一入秋，妈妈就从衣柜里翻出毛衣，这件短了，这件旧了，又重新为我织……可我呢？不是嫌早餐不合胃口，就是嫌毛衣不入时。想想这些，我真难过，父母为我操了这么多心，可我一点儿也没放在心上，我真是太不该了。

在信的结尾，爸爸这样写道："你很忙，就不多写了，爸妈都好，勿挂念。"一封信中，倾注的全是对我的关心，属于他们自己的只有这么一句又短又简单的话。

这封信从头到尾没有涂改一个字一个标点，是一气呵成的，爸爸在心中已写了多少遍呵！我含着泪花看完了信，爸爸正巧也来了，看见我哭，赶忙问我怎么了？我用手一指，"信……"就再也说不出来。爸爸摸摸我的头，说："你看过了？本来不想给你看的。傻孩子，你哭什么？这都是胡乱写的。"我的心里却更加难过了。我暗暗下定了决心：为了爸爸妈妈的希望，我一定要努力，努力，再努力……

从那天起，我就开始尽力改掉那些缺点，改变自己。为了爸妈的希望，也为了在将来的一天，我可以真正收到那封信。

从那天起，我长大了……

（指导教师：潘先）

请让我，走下去

蔡伊菁

走入植物园，一片细细碎碎的绿迎面而来，溪水流着，把阳光都流乱了，紧接着，一片深深浅浅的紫色，是连绵不断的薰衣草。天空如同被擦得透亮的蓝玻璃，阳光柔和地洒下来，园内十分安静，并不如国庆期间其他景区一般熙熙攘攘。

我们来到一处树丛构成的迷宫，从枝叶盘绕而成的一道拱门走了进去，一进去就分成了三条路，我们都选择了中间的一条。走了一会儿后，就都在各个分岔口走散了，只剩下自己一个人。阳光的酒调得很淡，却很醇，浅浅地斟在每一片淡绿的叶上，微风一拂袖就都响起来。那么，究竟是哪一条路呢？啊，一定是这条吧，我心想。只走了一会儿，就无路可走了。厚而浓密的绿色挡在面前。无奈之下，只好原路归返。我们又在这错落纷繁的茂盛树叶中行走了许久，几乎每一条路都走遍了，可都不是出路。

此时，大概只剩下一条路了。我们都向着那条路走去，才不过走了几步，就碰到一对正向我们走来的情侣，"这条路走不通的呀！"他们这样告诉我们。于是我也跟着他们往回走，但爸爸妈妈仍坚持着原路继续走。兜兜转转，我一直都找不到出路。这时，隐约听见父亲的欢呼声，我跑向那条别人说走不通的路，终于到达出口。

到了出口，我暗想，那是自己的路呀，是要自己来走的，而不是靠别人告诉我的。

红心杜鹃不会等别人告诉她春天将近，才筹备绽放，她自己开了花，映得红遍满山，告诉别人春天来了。唐三藏取经，"向万里无寸草处行脚"。盘古开天辟地之际，混沌一片。然而他们都走下来了，即便有人告诉他们那样是行不通的，是不可能的，但他们心中那莽撞前去的勇气却是绝不会消逝的。

那么，请让我明白，每一条走过来的路都有它不得不这样跋涉的理由；请让我相信，每一条要走上去的前途，都需要我自己选择方向。

请让我，坚定从容地走下去。

（指导教师：吴如）

刹那间，我发现了自我

王 奥

以前的我，总是那么不相信自己，对自己及自己做的事都没有信心。总认为我这也不行，那也不会。可就在那一刹那间，我又发现了自我，又拾回了宝贵的自信心……

"去试一下吧！不试，你怎么知道自己滑不好呢？""不！我就不去！"这是妈妈正在劝我去学溜冰，可我还在顽固抵抗。家里早就给我准备了两双崭新的旱冰鞋，但我从未穿过。因此妈妈产生了让我去学溜冰的念头。可她哪里知道，我对溜冰有一种本能的恐惧感，我总认为自己很笨，穿上它就只会摔跤，更何况这晚上空闲的时间我还要看电视啊！"去试一下！以前你不敢骑自行车现在不也学会了。快跟我走！"妈妈发怒了，如同暴风雨来临就要将我吞了一样。我最终抵挡不过暴风雨的狂袭，硬是被妈妈拉着扯着到了步行街广场。

当时正值暑假，步行街人来人往，十分热闹。看此情景，我心里马上又没了底。现在让我在众目睽睽之下去学溜冰，一旦摔一跤，岂不会被众人笑话吗？我可不想当个笑料，但妈妈的军令难违啊！我只好在妈妈的监督下费劲地穿上了旱冰鞋，并且从头到脚都武装起来后才小心翼翼地慢慢站了起来，与此同时身子还在抖个不停，脚也不敢挪动一步。最后在妈妈的搀扶下，来到了教练的面前，我只好硬着头皮学了。在老师的指导下，我向前走了一步，过了许久又走一步。我感觉似乎周围的人全在看着我，那真是一个漫长、让我狼狈的晚上。

后来的几个晚上也不比第一个晚上好。我穿着旱冰鞋跟着一群比我小许多的小朋友走着。因为是刚学，还不会滑，只能一步一个脚印地向前走。一边走一边还偷偷地向四周张望，心想，不会从哪里又冒出个同学来吧，那样的话我可真的丢人了。就这样又过去了几天，我渐渐地发现溜冰其实是一项很有趣的运动，心里有点喜欢上这项运动了。于是我开始认真地跟着老师学，脚再也没有发抖了。

跟着一大群小朋友，慢慢地，我已能较熟练地穿上旱冰鞋走了。可这走了还不行，溜才是最主要的学习目的，不然怎么叫作溜冰呢。看着那些自由自在，姿势优美的溜冰的朋友们，我心里也羡慕极了。我又鼓起勇气试着去溜。直到有一天，"我终于学会了！"我高兴地叫了出来，激动与兴奋的心情真是无以言表。也就是在那刹那间，我发现了我有多棒。

这件事已过去很久了，可溜冰的经历仍令我难忘。不仅仅是因为它带给了我乐趣，最重要的是在一刹那之间，让我发现了自我，"世上无难事，只怕有心人。"相信自己只要努力，许多事情其实完全可以做好的。人生，需要自信……

（指导教师：李辉）

生命的羽翼

向容

我是一个爱读书的女孩。从小，就与书结下了不解之缘。我是看着书中精美的图画，听着妈妈的故事长大的。

上小学后，我开始学着从方正的文字中体会书的美妙：我喜欢美丽、善良的白雪公主，讨厌心如蛇蝎的皇后；我为"丑小鸭"变成白天鹅而高兴，也为"海的女儿"因追求幸福而牺牲感到悲伤……

我如一只蜜蜂，刚飞出天真的童话世界，又飞进理性的科学世界。在这里我寻找过长江的源头，聆听过黄河的浪涛；体会着太阳的炽热，想象着苍宇的浩渺……

进中学了，《三国演义》《西游记》《钢铁是怎样炼成的》又相继闯入了我的视野。从此，我的生活变得更加色彩斑斓。我钦佩诸葛亮的智慧、羡慕孙悟空的本领，我更崇拜保尔的执着与坚强！

我爱读书，是书开阔了我的视野，教我学会了思索，并陪我渡过一个个难关。

029

曾经有一段时间，我陷入了考试失败的痛苦中，我孤独、彷徨……苦闷中，我又结交了一位好友——《智慧背囊》，里面一则则寓意深刻的小故事，如一缕缕温暖的阳光射进我的心房，我的世界一下子变得豁然开朗。

蓦然回首，书已伴我度过纯真的童年，如今又迎来我人生中最美丽的少年。我相信：书会带我一步步走向成熟，也终将带我一步步走向成功。

朋友，把书作为生命的羽翼吧，让我们在浩瀚的书海中尽情畅游！

（指导教师：杨光灿）

第二部分 『圆』心中的完美

十四的月

张雪烨

明天才是八月十五——中秋节，今天的月是享受不到"月明人尽望"的。可没想到就是那不经意的一瞥，却让我永远记住了这十四的月。

不能用"一轮"来形容今夜的月，那月的左上方还缺着一小道，使她难以圆满起来。月的周围有一圈淡淡的光晕，半透明的几片云彩像薄纱一样笼罩在月的四周，使她显得越发娇弱了，好像轻轻一触就会破碎。这恰到好处的景象，让月散发着一种令人爱怜的美。

十四的月，柔弱的月。

再次抬头望月，发现月好像圆了，可定睛一看，却又恢复了原先的样子。此时的月好似一个调皮的少女，躲在薄纱后面，只露出半个小脸。她时而好奇地探头观望，时而用轻纱遮掩，这时隐时现的景象恰如一幅"犹抱琵琶半遮面"的美丽图画。

十四的月，羞涩的月。

天已经完全黑了，可依旧能够分辨出近处的高楼与低墙，还有幽静的街道与草坪。这都要归功于此时的月，是她点亮了夜空，照亮了苍茫大地。银色的月光像光滑的绸缎一般，从夜晚的天空中柔和地飘洒下来，无止无尽地倾诉着她对大地的深情。

十四的月，无私的月。

十四的月，用优雅的体态在十五圆月的前一晚，默默地绽放着她的美丽，为十五的到来积聚更多的能量。我想，就是十五的圆月，恐怕也没有十四的月这样可观赏、有韵味吧。

（指导教师：王森）

我不知足

骆 遥

人们常说，知足常乐，凡事不能过分苛求。但我总认为：无论是做人还是做事都不能轻易满足，要不断进取。

小学时的我一直是班上的尖子生，可上了初中之后，优秀的学生比比皆是，相比之下，我变得平凡甚至平庸了。我焦急万分，我知道现在的我是一块埋在沙堆下的金子，只有不断地努力，才能让别人发现自己的光芒。于是在别人打闹嬉戏时，我正在为解一道数学题而抓耳挠腮；在别人沉浸在甜美的梦乡时，我正在清晨的微风中朗诵古诗……

经过这样一番努力，期中考试后，我的成绩排在了年级前二十名。按理说，我们全年级四百多人，前二十也算是不错的成绩。但是我知道，如果这样想就是井底之蛙。天外有天，我必须用自己的努力来弥补各方面的不足。因此我对自己说："我不知足。"

031

现在我已经是年级的第二名了，老师和同学对于我的付出给予了肯定和赞赏。即使这样，我还是一如既往地努力着。一个朋友曾问我："你已经是年级第二名了，还不知足吗？"我坚定地说："我不知足！"

学海无涯，没有人能做到尽善尽美。安于现状，只会停滞不前，只有把不知足藏在心里，一步一个脚印地向前走，才能闯出未来的一片天。

朋友，请把不知足挂在嘴边，那么你会发现，原来学问是如此深奥，原来生活是如此多彩，原来世界是如此广阔。

（指导教师：李辉）

我的一小步

周 意

以前，我总是在作文的迷宫里打转转，现在，我终于朝前迈出了一小步。因为我有一位与众不同的语文老师——写作文时，她总是任我们自由发挥，只要是发自内心的真情实感，在她那里总能得到赞许。

记得进初中写的第一篇作文，我按照习惯的"标准"格式开了头："唔……起因，写长点……再长点……好了，字数肯定够了。接下来是经过，再拉得比面条长一点就能凑够字数了。关键是结尾的议论，一定要有气势，哪怕不着边际也没关系……"我按时交了作文，放心地等待着老师的评语。

不料，才过两天，作文课时，老师一进教室，"砰"的一声巨响，把一大摞作文本重重地"摔"在讲台上，直起腰板，腾出双手，大张开来似乎无限延长，并以演说家的声调，夸张地高声朗诵："啊——宇宙！啊——地球！啊……关你们什么事？"我们惊呆了：老师说什么呢？地球人都知道目前宇宙和地球暂时不关我们的事！况且现在是作文课，又不上天文地理！老师看出了我们的不解，放下两臂，恢复了原来的语调，俯下身子拍拍作文本继续说："你们看看，你们看看，你们的作文，切身感受没有几句，事例细节没有多少，开头结尾句句议论都扯到'国家大事'上去了。记住！千万不要想骑着单车到月亮上去！"

"哈哈哈……"老师滑稽的比喻把我们逗乐了——当然我也笑了，可我立刻想到：老师是让我们在作文中不要空谈。

现在，我的作文题材大多是妈妈的唠叨、老师同学的友爱、学习的困难与快乐、小区的四季与公园的美景……而不再空发什么议论，空谈什么责任。从这些身边的小事中，我真切地感受到人生的喜怒哀乐。最终，我的作文得到了老师的认可。我的许多文章被老师当作范文，在班上、年级传阅，甚至还刊登在《语文报》上呢！

　　眼下，我正沿着文学的路一小步、一小步地踏实学习着。我相信，只要走好每一小步，一定会离成功越来越近。

（指导教师：左钢）

第二部分 『圆』心中的完美

真 情

詹　逸

夕阳。小巷。黑狗。我在你身后。

当你第N＋1次提起这件事时，我在帮你洗菜："好吧，好吧，我没有骨气。"幼时，我是一个胆小的女孩，行事咋咋呼呼，却偏又胆小得要死。夕阳的小巷中，总有一条黑狗挡在路中气势汹汹。那次孤身碰见它，我的身子吓得一阵战栗，双腿却动不得分毫。于是在小巷中声嘶力竭地大喊："妈妈！"你在我带着哭腔的叫喊中一路小跑，惊起一群飞鸟。我躲在你身后，一边指着狗，一边喊："就是它！"黑狗被你赶走，我在你身后不愿走，因为夕阳中有你的背影，温暖我的心灵。

午夜。卧室。争吵。泪珠往下掉。

初中了，我依然懒散而粗心。每个学期的语文测验，总有那么几次考不好。为了这件事，我们开始争吵。又总是吵了好，好了吵。就如同一个伤口，好容易结了痂，却又被无情撕裂。我们也在争吵中尝试着和好，像两块磁铁，在同极相斥中渴望异极相吸。而争吵中你总爱说："我欠你的吗？"这样的话一出口，总是两败俱伤，而泪珠是劈开木板时纷扬的木屑，落满一地。我们的关系也如同弹力球运动的曲线图：上升、下降、上升、下降……

清晨。电梯。晶状体。我看得到你。

考试前夕，我们的关系空前融洽，完美得令人害怕。下楼时电梯轰隆，我看着你，你也皱眉看着我。忽然，你说："别动！"我立刻站直，看着你落满灯光的瞳仁，看着你仔细的眼神。继而，两个人一起说："我看得到你，在瞳仁里。"可生物老师郑重地告诉我们，瞳孔只是一个洞，它的后面，是晶状体。这无所谓，关键是……我和你笑着走出楼道，走出阴暗的过往，走进满是阳光的院落。阳光穿过空气，照在树叶上，然后被切割，落在地上，洒在你、我身上。

（指导教师：齐丽）

有时我也想自由

赵雨珊

知了声嘶力竭地喊着夏天来了，我们依旧在课堂里挥汗如雨。夏日的热情吸引了正在与课本苦斗的我，老师的声音渐渐远去，我不由自主地想……

期待着猛然能有一个晴空霹雳，让瓢泼大雨瞬时撕开晴空虚伪的面具，猛烈冲刷燥热的大地。趁着这个机会，我将兴致勃勃地跑出课堂，去感受一个"野孩子"肆无忌惮的快意。

我想奔出校门，像上学要迟到一样的疯狂奔跑，甚至脱掉鞋子，让赤脚踏出水花打到我的脸上。大雨滂沱，电闪雷鸣，可我一点儿都不害怕。我纵情地欢笑，此时的我，不在意是否优雅和得体。

我还想卷起裤腿，沿着屋檐慢慢地走，静静地聆听着雨滴齐奏。和我一起在屋檐下的是一只小鸟，它仔细地梳理着美丽的羽毛，似乎准备在天晴之后展示它更美的服装。

我还想去看学校隔壁宠物店的鬈毛狗。它懒洋洋地趴在那里看着雨里的荷塘。那幽怨的眼神，那静默的态度，难道它也懂得"留得残荷听雨声"中的美丽？

我还想插上翅膀飞上云端，去看勤劳的仙女，她们正在纺织着天地间最美的画卷，她们自由而欢乐。仙女们邀请我和她们一起生活，放出美丽的丝线缠绕住我，我大喊着："我还要去上课！"

醒醒啦，老师叫你了，同桌拼命摇晃我的胳膊。啊，我还在课堂上，我伸了个长长的懒腰，告诉自己，任思绪驰骋飞扬吧，终会有一双自由飞翔的翅膀！

(指导教师：周凌)

第三部分

暖暖你的脸

　　村子里到处都是槐树，一到五月，整个村庄弥漫在了槐花浓郁芬芳的香气中。偶尔，你还会听到余韵缭绕的槐花小调……

——李子颐《爷爷·槐花》

最甜的蜂蜜茶

陈翰笙

门"吱"的一声轻轻打开，蜂蜜茶被准时送了进来，也带来了一丝有别于其他书房腐朽书味的清新味道。我抬起头对送茶人说声"谢谢"，又低头做题。他默默地出去了，不留下一丝响动。

复杂的几何题考虑再三依然没有思路，这使我万分苦恼。小闹钟滴滴答答地走，表盘上划过一圈圈周而复始的圆。我用冰凉的手下意识地一抓，碰到一只温暖的玻璃杯。这使我忽地从题海中回过神来，想起这杯被遗忘的蜂蜜茶。喝了一口，甜味从舌尖传递到舌根，同时唇齿留香，仿佛花瓣含在口中释放出甜蜜，润湿了喉咙。"哈——"我吐出一口白色的雾气。

在这时我才想起刚才的送茶人来。爸爸来得多么不经意呀，一如窗外无声无息的绵绵春雨。面前浅黄色的茶中升起一阵雾气，也湿润了我的记忆。

爸爸和一切忙于工作的人一样，五天里有三天不在家吃饭。以前的我总是一个劲儿地问爸爸什么时候回来，可得到的总是不确定的答复。每次我期望楼梯口的灯早点被点亮，然后响起钥匙转动的低沉声响。他会推开门，以一个厚实的拥抱作为礼物，然后拉我一同坐在客厅的沙发上，紧握着我的手说起他白天遇到的事情。但随着考试的临近，时间对我而言是极其宝贵的，我过去的等待变成了现在只有他进门时转下头。

我记起每当遇上下雨天，爸爸通常和我一同醒来，为的是送我去上学。尽管我多次拒绝，但他仍是如此，而且每每说："路上滑，不方便又不安全。"以前我还为此抱怨，认为他把我当小孩儿看，但现在想起来不禁感动万分。

爸爸喜欢开车兜风，我也喜欢被风吹拂的感受，坐在副驾驶座上时，感觉特别舒坦。有一回，车子行驶在宽敞的道路上，爸爸看见我陶醉的样子，笑着问我："爸爸还不错吧？"我一时没反应过来，支支吾吾地回答道：

"还……还行吧。"话一出口我就后悔了，我分明看到他喜悦的脸庞顿时黯淡了下来。我真想打自己两下，对于这样一个关心我，爱护我的人，怎一"还行"了得？

雾气从杯中袅袅升起，渐渐消散。我将蜂蜜茶一饮而尽，拿着杯子，轻轻把门打开，生怕爸爸已经在沙发上睡着了。在我把杯子放到柜子上时，头一扭，正撞见他注视着我的目光。"作业写完了？""快了。"不知怎么的，我突然紧张起来，连忙躲进书房，想着他刚才关切的表情，以及他头上越来越稀疏的头发。

我想说：爸爸，您不就是我的蜂蜜茶吗？

成长的路上有了您，我的心灵永远不会感到孤单，永远都会甜蜜无比。

（指导教师：崔建尔）

暖暖你的脸

陈妮莎

在真实中寻觅快乐。

绵绵细雨，就像永远也扯不断的丝缕，我的烦恼也像这雨丝一样没有尽头。

爸爸妈妈不爱我了，他们真的不爱我了！不然，他们怎么会因为我多玩了会儿游戏，就那样严厉地训斥我呢？

眼里不知道是泪水还是雨水，我看每一片被雨水打湿的树叶都面目狰狞。

"我再也不回去了，我再也不回那个家了！"我暗自赌气。

"爸爸！"一声童稚的呼唤打断了我的思绪——就在今天早上，我也曾用这么甜美的声音呼唤过呀，可是此刻，这个称呼却显得那么遥远而陌生。我前面走着一对父女。

那个爸爸穿得那么单薄——我看见他那件被雨水打湿的衬衣已经无法抵挡这料峭的春寒，他的外套在女儿的身上。

"爸爸你冷吗？"

"爸爸不冷。快把衣服裹好，可别着凉了哦。"

女孩用手背擦了擦父亲脸上的雨滴，我分明看到了父亲脸上暖暖的笑意。

"爸爸，我给你暖暖脸吧。"小女孩用双手捂住了爸爸的双颊。我停下脚步，望着他们的背影慢慢消失。我忍不住心潮涌动。我真的无法回忆起自己什么时候"暖"过爸爸的脸，更不知道爸爸妈妈也是需要自己用心去"暖"的！一时间，脑海中闪过父亲深沉的眼眸和母亲细碎的关切——险些被我野蛮丢弃的爱呀！

　　飘飘洒洒的雨丝仿佛就在这一瞬化作了牵引我回家的手。推开家门的一刻，我泪如雨下：

　　"爸爸——妈妈——"

（指导教师：柯晓阳）

第三部分　暖暖你的脸

锁

曹向阳

十六岁的女儿的抽屉不知何时挂上了一把锁。那锁小巧精致，有金黄色的光泽，然而妈妈却觉得它十分碍眼。

一天早晨，妈妈为女儿清扫屋子。她照例又瞥了那铜锁一眼，却意外地发现书桌边的废纸篓里有许多捏成团的废纸。她记起了女儿屋里的灯昨夜亮了很久，于是心里有了一种隐隐的不安。她快步走过去，捡起一团废纸，匆匆地展开。那皱皱的纸上只有一大滴墨水和几个字：我爱你……妈妈的脸一下子变得煞白，她慢慢地将纸装进了衣袋里，眼睛定定地盯着那把小铜锁。

下午刚过五点半，女儿就回来了。她看起来兴高采烈而又带点神秘。妈妈不动声色地看着女儿神采飞扬的脸，平静地问道："有什么事让你这么高兴？"女儿心虚似的低下了头，连连说："没，没有……"妈妈把手伸进了口袋里，却什么也没有掏出来。她像平常一样，对女儿说："去做作业吧，吃饭时我叫你。"然后转身进了厨房。

女儿蹦蹦跳跳地来到了书桌旁。她一看小铜锁开着，就拍了一下自己的脑袋自言自语道："我怎么这么不小心！秘密可别被妈妈发现了！"悄悄来到门边的母亲听到这里，心情愈加沉重了。她边往厨房里走，边想：看来必须得同女儿谈一下了。

"吃饭了！"妈妈把饭菜放好了，向里屋的女儿喊道。

门应声开了，女儿左手拿着作业本，右手托着精美的礼品走了出来。妈妈一下惊呆了：那不就是她在女儿抽屉里看到的东西吗？

女儿来到饭桌前，将礼品交给妈妈。妈妈愣愣地接了。女儿有点羞涩地说："妈妈，这是我用第一次得到的稿费给您买的生日礼物。祝您生日快乐！"她顿了顿，又继续说道："老师说，我昨天晚上写的那篇作文，也有可能发表呢，我念给您听听吧。"她翻出作业本，深情地念道："我爱你，妈妈。你是一个多么慈祥，多么懂得尊重女儿的人……"

妈妈的手紧紧地捏着那张已经被汗水湿透的纸，想起那把被锁匠打开的小铜锁，百感交集。

（指导教师：刘阳）

043

爷爷·槐花

李子颐

"五一"的早晨，几乎一夜未睡的我早早来到家里的阳台上，想独自安静一会儿。忽然，远处一片茂盛的槐树林映入我的眼帘，泪水也不禁再次涌来……

爷爷家远在六百里之外的一个小村子里，听人说，爷爷从年轻的时候起，就是村长。村子里到处都是槐树，一到五月，整个村庄弥漫在了槐花浓郁芬芳的香气中。偶尔，你还会听到余韵缭绕的槐花小调。爷爷家的院子里，也有两棵老槐树，又粗又高，茂密翠绿的树叶覆盖了整个院子，纵使是姐姐和我两个人都无法环抱住那树干。抗战的时候，村里没有吃的，爷爷还用院子里的槐花救过八路军的伤员呢。

五岁前，我一直在爷爷家居住。每年没进五月，我就坐在老屋前面的槐树下傻傻地期盼着槐花悄悄地挂满枝头，然后像冒泡的泉水一样绽放。趁爷爷一不注意，我会像猴子一样敏捷地爬上树干，不由分说，把鲜嫩的槐花放进嘴里先吃为快。每年这个时候，爷爷家的场院屋顶，都要晒上几凉席的槐花干。槐花饭，槐花饼，槐花饺子也便成了这段时间我们家饭桌上的主食……后来到济南上学了，每年"五一"回老家，最开心的事，就是摘槐花和吃蒸菜了。

每次一回到老家，爷爷就会找出一根结实的长竹竿，在竹竿的一头绑紧一把锋利的镰刀，做成一个很专业的采摘工具，再找来一个高高稳稳的大板凳用来"增高"。爷爷已经八十多岁了，魁梧的身材也有了些佝偻，满脸的皱纹像刀刻上去的一样，胖胖的身子行动起来也更迟缓了，但是他仍然每次都坚持亲自给我们采槐花，嘴里还不停地念叨着"给我们家小丫头多采点，给我们家小馋嘴丫头多吃点……"我和姐姐把树旁的地面都清扫干净，铺上一张大床单，槐花儿一串一串落下来，我们在一旁雀跃欢呼，别提多高兴了！

接着，就是吃蒸菜了。爷爷把它们洗好拌了面，放在大锅上蒸透喽，端上桌，再洒了香油蒜汁儿什么的……哇，那个香甜！

又到槐花儿盛开的季节了。可是，昨晚的一个电话让这一切都变成了永远的记忆：爷爷去世了！唉……眺望着远处的那片槐树林，耳边响起爷爷曾经教给我和姐姐的歌谣：

槐花饭槐花饼吃了一顿就成瘾
槐花美槐花鲜吃了三天就成仙
……

（指导教师：李力群）

第三部分　暖暖你的脸

爱的温度

王雅雯

一个偶然的机会，我才明白妈妈对我的爱……

在冬天最冷的那一天，外面刮着风，下着雨，当我正准备去洗澡时，妈妈匆匆忙忙地一边找衣服一边对我说："你先去学习，还没有那么晚。"说罢便进了浴室。外面的风刮得更大了，雪下得更急了，真是个大冷天呀！我做了一会儿作业，妈妈从浴室出来了，对我说："快去洗吧，不早了，洗完了快睡啊。"我便被妈妈推进了浴室。里面好温暖啊，柔柔的灯光，刚刚好的温度，一点也不冷，真舒服呀！慢慢地，在冬天，养成了妈妈先洗我再洗的习惯。

转眼间夏天来了。在那个炎热的晚上，我叫妈妈先洗澡，可妈妈却说："这么晚了，你先洗吧，凉快了好睡觉，我几点洗都可以，再说还有电视剧。"抬头看表，才只有八点而已。但妈妈已经那么说了，我就走进了浴室。出来时舒服极了，一点也找不到汗珠在我身上留下的痕迹。再看看妈妈，还在看那无聊的电视剧。就这样，在夏天，又改成我先洗妈妈后洗了。

又一个冬天，妈妈感冒了。一天，我去叫妈妈洗澡，无意中听见了妈妈和爸爸的对话：

"孩子她妈，你别先洗了，这么冷，感冒会加重的。"

"再冷也不能冻着孩子，我先洗，里面就暖和了。"

我听了以后，悄然无声地进了浴室。打开水的那一刹那，我冷极了，浑身起了一层鸡皮疙瘩。虽然水是热的，但得过一段时间室温才能升高，这时我才明白妈妈冬天抢先洗澡的良苦用心……我的眼睛湿润了。

这么多年，妈妈的爱一刻也没有离开过我，那爱的温度，就是夏天减一度，冬天加一度。

（指导教师：唐光芬）

秋雨潇潇

肖航龙

终于到了开学的日子。听着窗外淅淅沥沥的雨声，看着飘飘扬扬的雨丝，我那激动的心情久久不能平静。

午饭吃得特别早，我还来不及休息，母亲就催我快点去学校。我撑着伞，背着书包，母亲一边拿着我的行李紧紧地跟着我，一边叮嘱道："把伞撑开，别走那么快，小心滑倒……"上学的兴奋让我把母亲的话随风一起抛在脑后。不经意地回头看了一眼母亲，母亲离我不远，她的眼睛是在盯着我的，她的头发已经被顽皮的小雨点濯得发白。

终于和母亲走到了村头小卖部临时乘车的地方，可是这里一天一趟的方便车刚开走，幸好车场里还停了一辆货车，勉强可以坐着去学校。谁知年轻的货车司机非要多加几元钱车费不可，母亲一恼火把我拉了下来。我用力甩开母亲的手，暗暗责怪母亲小气。

于是，我们只得去几里开外的墟场上搭车，没有坐上货车的我把所有的怨气都撒在母亲身上，跟她赌起气来。我故意走一条泥泞的羊肠小道，母亲仍是没有吭声地紧紧跟在后面。我偷偷地回头看了几眼，母亲全身已经被雨水淋湿，大口大口地喘着粗气。我开始有些怜悯母亲，母亲供我上学实在不易，我为什么还要责怪母亲？我不愿再想下去，只是继续埋头朝前走着，诅咒这秋雨，下得让人心烦，下得让人心痛。

约莫过了二十来分钟，我和母亲一身疲惫地来到了墟场，墟场上空荡荡的，我有点失望了。雨下得越来越大，天空越来越昏暗了，怕迟到的我心急如焚地望着母亲。母亲有些无奈，但毫不迟疑地从衣襟里掏出了皱巴巴的15元钱，租了一辆摩托车。她小心地把我和行李安顿在车上，又叮嘱司机千万要小心行驶之类的话。"突……突……"摩托车欢快地跑了起来，我躲进雨

衣里，什么也看不见了。我突然想起母亲送我上车时，她定定地望着我，那双担忧的眼睛深深地刺痛了我，我的泪水再也止不住地流了下来，眼前一片模糊，仿佛潇潇的秋雨……

（指导教师：刘先卫）

爱是一个红苹果

郝 宵

妈妈说："一天一个苹果，不用请医生。"于是，苹果便成了我的"家常便饭"，一年四季总少不了它。

小时候，苹果对于并不富裕的我们来说简直是奢侈品，所以一旦有了苹果，我就哭着吵着要最红最大的那一个。每当此时，妈妈便像魔法师一样，从身后变出一个又红又大的苹果塞到我的手中。我捧着苹果，那香甜的果汁似乎要滴下来。此刻，我笑了，妈妈也笑了。

上了小学，每天放学后，拖着疲惫的身子一冲进门，总有个红艳艳的苹果端正地立在桌子上冲我笑，闪着红光，透着爱意。我毫不犹豫地抓起苹果，大口大口地吃起来，疲惫、烦恼一并抛到了九霄云外。此时，妈妈笑了，我也笑了。

记得那一次，学校安排我们两周回家一次。那几天，天气格外闷热，太阳像一个大火球炙烤着大地，大地仿佛变成了一个蒸笼。一个个又红又大的苹果在我的脑海中不断浮现，伸手去拿时，却忽然消失了，可望而不可即。

放学后，我像小鸟出笼一样急奔回家，一冲进门，桌上依旧有一个红苹果。在炎热之中，它已变得皱皱巴巴，却越发红了，红得格外引人注目。此时，妈妈从田间回来，额头上还闪着晶莹的汗珠，我看着妈妈，看着苹果。一股暖流涌上心头，我竟抱住妈妈哭了起来。夕阳透过窗子投进屋里，把妈妈的影子拉得老长，老长。

我慢慢抬起头，泪光中发现妈妈的眼角已爬满了鱼尾纹，双鬓也添上了几丝银发，然而夕阳下，妈妈却格外美丽。

妈妈老了，苹果却依旧那么红，爱依旧那么浓。

（指导教师：张玲玲）

荷叶母亲

周 知

傍晚，太阳收起了威力。一阵微风，吹动了池塘里的荷叶，使人心旷神怡。

这是我家后院的一个池子，因为当年舅舅要养甲鱼，所以挖了它，后来废弃了。妈妈就把这里开辟成养莲的一块宝地，那时我还不懂妈妈的心思，认为是为了种花，开心了好一阵子。

妈妈每天起早贪黑，精心伺候池子。首先把池子里的杂草、垃圾挑出，说是为了下雨时让污水排出去换一些干净水，忙活了好些天。我希望美丽的花快点长出来。

总算等到了下雨的日子，真让人欣喜若狂。妈妈忙碌着，买小藕，买肥料，细细地挑选。池子里的水清澈见底，在太阳的照射下波光粼粼。看着妈妈撒下了种，我心里的石头终于落地了。

每天黄昏，我就坐在离池子不远的地方等待着花朵的出现，只嫌它们来得太慢。在妈妈的精心照料下，绿色的芽尖儿冒出来了。荷叶长大了，一塘盛世的景象出现了。我知道，这塘荷叶不仅仅是靠水生存下来的，更多的是妈妈的辛劳。而我的那些等待、那些苦恼，也随着时间的流逝而变成希望，变成对妈妈的理解和祝福。

如今，每年过节吃团圆饭时，必不可少的一道菜便是妈妈的杰作——炒藕片，这是妈妈的劳动成果。

对一池荷花，妈妈给予了倾心的呵护；而对于我，妈妈更是付出了无尽的心血。

此时，我想起了冰心的一首诗："啊！母亲，你是荷叶，我是红莲。心中的雨点来了，除了你，谁是我无遮拦天空下的荫蔽？"

（指导教师：朱月华）

浓浓的奶茶

韦晓霞

刚从补习班回来，也许是在题海里泡得太久，脸上总挥不去"疲倦"二字。

打开灯，书桌上一杯热气腾腾的奶茶把小小的房间点缀得格外温馨。我并不奇怪，一点也不，奶茶在每天的这个时候都会准时出现在那儿。何况此时的我正在为另一件事烦恼。

老师布置的一篇作文《母爱》让我的思绪停滞不前，心中莫名地产生了一种可怕的空白。"是妈妈不够爱你吗？""不，不是。""是她为你付出的还不够吗？""不，也不是。""那你为什么却表达不出妈妈对你的爱呢？"……

我不住地问自己，头已开始痛，但答案还是没有。一挥手，我碰到了奶茶，香气四溢的奶茶，一口喝下去，一股暖流立即自下而上升起。

051

轻轻地，我听见门开了，一回头，妈妈抱着一件衣服走了进来。衣服散发着阳光的味道，似乎在这十几平方米的空间里，又升起了一轮小太阳。妈妈见我手握空杯，呆呆地望着她，脸上立刻漾起笑容，那是一种只有在母亲脸上才会出现的微笑。

母亲转身轻轻出门，我突然灵光一闪：难道这就是母亲的爱？但人们说母爱是伟大的，又怎会如一杯奶茶般平凡？我追出门去，想要寻找答案，然而在看到母亲的刹那，我止住了脚步，妈妈问："还要一杯？"我笑了，终于明白母爱的伟大之处恰恰在于她的平凡，于是那轮小太阳又在我的心田升起。

（指导教师：杨春梅）

第四部分

我的动物朋友

　　夕阳毫不吝啬地把自己漂亮的余晖洒在小山下的良田上，淡淡的红光中若有若无地现出一幅春耕图——一头忠实的老牛驾着犁在农人的吆喝下，在脚下的土地上绘制着一幅美妙的图画。

——要颖娟《牛的故事》

海鸥之约

陈新雅

在昆明，人们会把心中那份最朴实的真情，留给从寒冷的远方飞来的海鸥。

——题记

白色的海鸥又飞到了它们心中永恒的乐园——昆明。

孤独的老人，很苍老了。那布满褶皱的脸上闪着慈祥的目光，流露出对这群精灵的疼爱。虽然仅仅靠着微薄的退休金生活，但他总是日复一日、年复一年细心地呵护着从远方飞来昆明过冬的红嘴鸥。他的肩上总是挎着一个自制的泛白的布袋，里面装着海鸥们盼望着的"美食"——这些都是老人一点一点积攒的食物。这群精灵早已飞进了老人的心田，并在那里播下了快乐的种子，使老人的心不再荒芜而孤寂。

接下来的日子里，海鸥与老人成了知心的朋友。十几年的守护，十几年的牵挂，十几年无私的爱……然而，老人病逝了，没有继续着和海鸥的约定。而美丽的海鸥还在盼着老人的到来。

海鸥老人的故事感动着每一个来到昆明的人。现在，翠湖公园的老人塑像前常常会听到海鸥们唱着凄凉的挽歌，震撼人心。

白色的海鸥又飞到了它们心中永恒的乐园。

翠湖公园里，传来出游的人们惬意的笑语。

一个小女孩蹦蹦跳跳地跑到母亲面前，母亲拿出面包，投向高飞的海鸥。小女孩有些胆怯，她捏住一小块面包，慢慢伸出小手。盘旋的海鸥中有一只停留在栏杆上，啄食着女孩手上的食物。小女孩笑了，笑得那么开心。

凉亭里坐着观鸥的游人，嬉戏的孩子们不时地向大人们要一些喂海鸥的食物。他们看着海鸥欢笑着，人们脸上都写满了幸福。

春天的喜悦，蔓延在冬季。这何尝不是一种令人羡慕的快乐？

白色的海鸥又飞到了它们心中永恒的乐园。

海鸥老人的塑像，依靠着滇池水。微笑的脸上，透出安详。他仿佛在思索着什么，大概是对海鸥们那不舍的怀念和牵挂吧！

老人虽然已经去世，但是他的精神被人们歌颂并继承着。在昆明，无论是老人，还是孩子，都有一种浓浓的海鸥情结。暖暖的春日，暖暖的昆明，暖暖的昆明人。温暖在一代代人心中传递，昆明果然是名副其实的春城啊！

高楼林立的都市里，难得有这样的牵挂。每个这样的冬季，海鸥和昆明都会遵守着它们的约定，相约在美丽的春城！

（指导教师：刘莠）

你还好吗

易 敏

你最近还好吗？呼呼。

因为弟弟坚持要养你，所以你和我才有了三个月的不解之缘。

呼呼，你知道吗？你是我养过的最温驯的狗，你"善解人意"，我知道你听得懂我讲话。

你的毛是黑色的，记得你刚来到我家，才一个月大，好小好可爱。不过，那时我并没有很喜欢你，甚至想避开你。你长得好快，大约两个月大时，你照下了最可爱的一张照片，那是弟弟帮你照的。

你病了，不吃东西又不活泼。一开始，我们并没有在意，这现象持续了两个星期，终于引起我们的注意。在你很虚弱的那天晚上，我们决定第二天一早带你去看兽医。我心里很怕，很怕你挨不过一个晚上，我在心里不断地祈祷。第二天一早，被妈妈一声"啊，呼呼怎么了"吓醒了。等我反应过来是什么事情时，大叫了一声，心一下子沉了下来，压根就不敢去看你。庆幸的是，接着又传来姐姐的一声"呼呼没事，只是睡着了……"别提那时我有多高兴了，立刻从床上跑去看你。你被我们吵醒了，一脸迷糊样，有趣极了。我就知道，你不会那么脆弱的。带你去看兽医的路上，我骑车在前面，你奔跑追在后面。在繁杂的马路上，在危险的十字路口上，你都很安全。还记得，到了一个拐弯路口，我骑车快了点，你没看清我的去向，着急地往相反的方向跑去，我急忙喊住了你："呼呼，我在这儿。"你立刻转回头看我，在那一瞬间，我在你眼睛里看到了喜悦。回来的时候，我和妈妈去银行办事，只能把你绑在树边。让我感动的是，你能乖乖地趴在地上等我们。

有一次，弟弟带你出去走走，不小心把你给弄丢了。我立刻到楼下去找你，可是没找到。过去两天了，当我们以为你不会再回来的时候，你却又一次给我惊喜。我正要出去，刚打开楼下大门，便看见你高兴地摇着尾巴望着我，我呆了。呼呼，你终于回来了！你高兴地用前爪趴在我的脚上，好像一个撒娇的小孩。

可是分离的日子匆匆来到了。

妈妈把你带回给乡下的外婆家养。我不知道该怎么办，只能眼睁睁地看着你消失在我的视线里，只能在你走后伤心地流泪。

呼呼，你还好吗？

（指导教师：马海花）

第四部分　我的动物朋友

老 花

董　行

　　老花是一只憨态可掬的猫，刚到我家时还没有满月，捧在手里毛茸茸的一团，柔声细气地咪咪一叫，真叫人疼。

　　老花从小就出奇地安稳，谁也没见过它追着线团儿跑，更甭提转着圈儿咬自己的尾巴了。它像是一个特早熟的孩子，吃饱了就找个暖和地方睡会儿，睡醒了就懒懒地溜达溜达。虽然是个小花猫，起名字的时候，加上个"老"字大家竟没有任何异议。

　　四合院不时有老鼠出没，这也是我家养猫的初衷。但一看到老花这种状态，家里人禁不住失望地叹息：权当宠物养着玩儿吧。在一片叹息声中，老花的身材一天一个样儿，长得很快，只是不温不火的性情一点儿没变，甚至都不会给四合院带来一丝的生气。直到有一天清晨，伴着邻家阿姨一声近乎刺耳的尖叫，老花终于使整个院落震撼了。

　　小院中间，三只血迹斑斑的硕鼠很整齐地排在那里，一个个死不瞑目的样子。老花呢，眯着眼伏卧在一旁，一副若无其事的样子。

　　惊叹，惊喜，抑或是些许的歉疚，总之，大家都兴奋不已。连续几天里，大家见面都在热烈地谈论这件事，言必称老花怎样怎样。很久没有这般祥和、欢乐的景象了。曾几何时，尤其是随着老住户不断地搬迁，新住户的随时入住，大家都自觉不自觉地失去了交流的欲望。现在不同了，老花极有作为的表现，竟把大家空前地团结在了一起。大家不仅自觉收起了各自撒放的鼠药，而且还时不时地给我们家提供猫食，或者干脆唤老花进屋，甚至请老花留宿，帮着消灭流窜到室内的鼠辈。

　　老花成了院子里的香饽饽，成了大家茶余饭后的谈资，成了邻里之间的"友好大使"。

直到有一天，我们家也要搬迁了，邻居们恭贺乔迁之喜的同时，也提出了一个共同的请求：老花不能走。老花是属于小院的，这里是它神圣不可让鼠辈侵犯的领地。

　　老花不能走，老花也不愿意走。老花留下了，留下了一份沉甸甸的牵挂。

（指导教师：侯守斌）

楼上有只小狗狗

张佳羽

在我家住的楼上，有一户人家，养着一只雪白雪白的小狗狗。

小狗狗有花狸猫咪那么大，身上的毛发一根一根地竖起来，像圆骨碌碌的虚虚的棉花糖。它的四条腿很短，全缩在毛里，走起路来，整个身子往前一跳一跳的，隐隐约约看见它有爪子，却看不清楚爪子长什么样儿。它的耳朵椭圆成两只小瓢儿，向上竖着，一直在机敏地聆听着不同方向传来的声音。哪怕微小的一点响动，都会惹得它十分在意。它的脸像倒过来的女式车座，上面宽宽大大的，眼眶以下，突然地窄起来，越到嘴巴越尖，显得它的嘴巴特别伶俐。鼻头有那么一点点黑，像铅笔头上的橡皮擦。它的脑袋摆起来，感觉它随时想要把眼前的什么擦去似的。

最有神力的是它的眼睛。两只眼睛出奇的大，像两枚凸着的扣子，十分的圆，老有影子在上面晃动，显得很清澈，很亮，也很机灵。迎着它，能看到自己的影子。我似乎没有看见过它眨动眼皮，但它的眸子始终保持着水汪汪的样子。看见有生人来，它总是很警觉。在你离它还有三五米的距离时，它就调转身子，虎视眈眈地盯着你。你一说话，一抬臂，甚至衣服的下摆摆得开了一些，它都会有相当敏感的反应。首先是眸子追随你的举动游移，灵活得像指南针。其次是耳朵调整着方向和角度，与眸子保持极为密切的合作。再次是四只爪子趴在地上，做出前后左右移动的架势，不停地小快步迁动着位置。

每每到了这个时候，它可爱的样子招惹得陌生人驻足，即兴逗它玩两招。于是乎，它的嘴巴半张着，喉咙里发出低微的狗恨声，好像是向你发出不许挑衅的警告。你若无所顾忌，只管自己开心，步步向它逼近，它就发出一两声清脆的干叫："汪、汪！"这算是非常严重的警告了。你若还不止步，小狗狗就会见势不妙，拔腿跑向主人的身后，从主人的裤腿下探出小脑袋，愤怒得像只斗急了眼、脖子上筛起油毛的公鸡，向你持续发出自卫式的抗议。

主人弯下身子，拍拍它绒花似的雪白的毛，亲昵地训斥道："听话，别叫了，人家和你逗着玩呢，你就这么不经逗呀？"小狗狗立马改换了狗脸，仰起嘴巴，讨好似的舔几口主人的手，屁股再扭几扭，算是解除警戒啦，眉角眼梢都松懈了下来，变得柔顺而温和。

我很多次上下电梯时与它相遇，算是老朋友了。老朋友便不再客气。进电梯时，你得让着它先进。你要是忽视了它的存在，自己抢先进了电梯，它就十分不高兴，站在电梯门口，冲着你足足"叫骂"十五秒钟。你若领会了它的意思，赶紧跳出电梯，恭敬地请它先进，它就拉长声音，"汪——汪"地回谢一声，很绅士地走到电梯的一个角落，摆好姿势，然后冲着所有人很温馨地叫着，算是发出邀请了。出电梯也是这样。你得让着它先出。在它心里，自己就是个小孩，你们所有的人都是大人。不服气？比一比，谁的个儿小？没人和它比，所以就得让着它了。不让着，它就霸在电梯里不出来，很愤怒地狂吼，闹得人心惶惶。它使起小性子来，主人得哄老半天，"好啦好啦，还气鼓鼓呢，人都走光啦，你跟谁怄气呀？"它这才慢悠悠地走出来。

我不晓得它叫什么狗，就住在我家楼上，一见到它的眉眼儿，就闪出一个词：好可爱哟！

（指导教师：柯亮花）

牛的故事

要颖娟

　　夕阳毫不吝啬地把自己漂亮的余晖洒在小山下的良田上，淡淡的红光中若有若无地现出一幅春耕图——一头忠实的老牛驾着犁在农人的吆喝下，在脚下的土地上绘制着一幅美妙的图画。

　　去年，我回爷爷家小住了几天。可是，刚回村就碰上了我一向不大喜欢的牛。说起与牛的恩怨，主要源于一段往事：在我小时候，爸爸带我和妹妹回乡探亲。由于妹妹的无知，在村口挑逗了一头小牛，被它的母亲用犄角顶出了老远。妹妹只是擦破了点皮，可还是哭了好久。

　　看着心爱的妹妹，我对牛好生气。后来爷爷告诉我，它并无恶意，只是为了保护小牛。于是我在心里原谅了它，可感情上还是疙疙瘩瘩的，不大舒服。

　　回村第二天，爷爷要带我下地去。一出门，便下起了毛毛细雨。我满以为爷爷不牵牛了，可没想到恰恰相反。我心里不高兴，可嘴上却说："爷爷，雨待会儿估计还会大的，别把牛牵去了吧！"爷爷看了牛一眼，笑笑说："没啥，这牛为人勤勤恳恳地劳动，不管是风里雨里，你让它干它就干。而且牛不像马，牛劲大，晚上省喂，不照料也行。"说完，深情地摸着黄牛那油亮的毛，陷入沉思。我轻轻地走过去摸摸它的脊梁，忽然对牛也产生了别样的情感。我想，在地里，牛应着爷爷的吆喝，在脚下的土地上一步一个脚印地向前耕作。它向人索取的是那么少，奉献给人的又是那么多。这黄牛是多么可亲，多么可爱呀！

　　休息的时候，爷爷给我讲了一个牛的故事：在那战火纷飞的动乱年代里，我们村的老乡们纷纷拿起武器，抵抗日军的侵略。白天，他们种庄稼，打鬼子；晚上，他们便偎依在一起，与牛一起挤在山洞里。牛，成了他们唯一的财产。可是有一天，当大家抗敌归来后，面前的惨象把大家惊呆了。原来在他们离开后，汉奸领着几个鬼子洗劫了山洞：洞里满地是血，有几件破碎的衣服，还有两具日军的尸体。令人惊讶的是，这两具尸体上有几个被牛的犄角顶穿的窟窿。而那头牛不见了，地上竟然只剩下了一条血淋淋的尾巴。这儿显然发生过一场人牛大战。一位年过六旬的老人用颤抖的双手捧起那条断了的牛尾，流下了一行辛酸的泪。一向坚强的老乡们也哭了。

说到这儿，爷爷的眼圈红了。牛，这令人敬佩的生灵，它用自己的无私的奉献帮助人类换来了金灿灿的秋天。它也懂得爱憎分明，勇敢反抗野蛮的侵略者！

这天夜里我做了一个奇怪的梦，梦见我牵着爷爷的那头老牛，老牛对我很亲切，用舌头舔我的手……

（指导教师：张小晓）

第五部分

难忘嘴角的弧线

　　啊！好一道美丽的风景！这就是人们在良心发现之后的觉悟，这就是人们的世俗之心被洗礼之后所表现出的人性本色，这就是人们用真诚的爱心所描画出的动人风景。

——李梦《本色之美》

本色之美

李 梦

她安静地躺在那儿，头发凌乱，面色惨白。周围已经聚了一圈人，里三层，外三层。可没有一个人愿意扶她起来……

"她是王老三的母亲吧？"

"好像是。这么大岁数了，腿脚不好，可她总喜欢出来溜达溜达。这不，刚才被那块石头绊倒了。"

"哎，怎么没人扶她起来啊？谁快扶她起来呀！"

"你扶呀！你让别人扶，自己为什么不去做好事呢？"

"呵呵，这老太太岁数大，记性不好，回头别再说是我给推倒的，那得赔多少钱啊！还是你来扶吧，就算是助人为乐啦！"

两个人半开玩笑地议论着。

她依然安静地躺着，周围依旧围满了人，有的大声议论，有的唉声叹气，有的摇摇头走了。

就在这时，一个中年人分开人群，快步跑到她身前，蹲下来大声喊着："大妈，大妈，您没事吧？"说着，轻轻地扶起老人，然后对周围的人说："对不起，大家让一下，老太太要赶紧送医院。"刚刚议论的两个人见状，急忙上前把老人扶到中年人的背上。中年人快步向医院跑去，后面跟着两个人，又有几个人跟了上去。只听一句句真诚地询问传来："你能坚持吗？我来背一会儿吧！""我背一会儿！"

啊！好一道美丽的风景！这就是人们在良心发现之后的觉悟，这就是人们的世俗之心被洗礼之后所表现出的人性本色，这就是人们用真诚的爱心所描画出的动人风景。

"人之初，性本善。"其实，生活在世界上的每个人，本性都是善良的，都有一颗仁爱之心。或许是被世俗的东西污染了，在某些时候表现得麻木了一些。但只要在榜样的感召下，人们美好的品性就会生动地表现出来。

愿我们每个人都能在别人需要帮助的时候，表现出真实的人性本色，愿世界上这样美丽动人的风景越来越多。

（指导教师：柯晓阳）

第五部分　难忘嘴角的弧线

铲　煤

杜　运

　　志愿者服务的第一天，车间领导交给我们一项任务——铲煤。当时，外面正下着大雨，阵阵冷风直向人们脸上扑来。同学们接到任务后，就拿起铁铲愉快地走了，而我仍呆呆地站在那里，心想雨下得这么大，怎么还叫我们到露天去铲煤呢？

　　老师傅一眼就看出了我的心思，便亲切地问我："小杜，下雨了炉子要不要烧？""要烧。"我不假思索地说。"烧炉子要不要煤？""那……"我被问住了。老师傅严肃地说："如果我们不把煤及时送上，炉火就会熄灭，就要影响全厂的生产。"是呀，下雨也要干，不能影响生产，我点了点头，顺手拿起铁铲准备去劳动。老师傅又喊住了我，把他的雨衣朝我身上一披，同我一起走了出去。

　　风卷着雨点直向脸上扑来，"吱"的一滑，要不是老师傅扶住了我，我定会摔一跤。我走到煤堆边，用力铲起来，但那煤被水一淋，结成了一块块的，铲起来很吃力。干了没几下，我感到臂酸腿软，心里又犯愁了：雨下得这么大，煤又这么重，路又这么滑，真没劲。"嚓、嚓"，随着急促的铲煤声，我往旁边一看，只见老师傅不顾风雨，在起劲地铲着。虽然天气较冷，但是老师傅头上却冒出了阵阵热气，雨水和汗水淌满了脸颊。这时，老师傅的话又在我耳边响起：如果不把煤及时送上，就要影响全厂的生产。我脸上感到火辣辣的。于是，我就又用力地挥起铁铲，干了起来……

　　当我和同学们完成任务，拿起铁铲向车间走去的时候，一阵风雨又向我们袭来，我身上感到有些寒意，但心里却是热乎乎的。

（指导教师：贾梅）

难忘嘴角的弧线

魏 楠

"我喜欢看着你，最美的表情，那是雨后闪亮的第一颗星，即使眼角还有泪，也是最美的表情……"这是何炅的《微笑》，不错的一首歌。生活中的普通人给了微笑更好的诠释，他们嘴角的弧线让我久久难忘。

我认识一位旧书摊主，他的书摊在我回家的必经路上，我又特别喜欢看书，所以渐渐地便与他熟识起来。他才四十岁左右，头发却花白了，他的眼睛里经常泛着血丝，可脸上却总是有一种温暖而平和的笑容。我总会甜甜地喊他叔叔，每当这时，他嘴角的那条弧线便更加上弯了。

他的生意不太好，我也通常只是到他的书摊看书，但他脸上的微笑却没有因此而减少，依然笑对每一个从他书摊经过的人。

他对我很照顾，我也很喜欢和他聊天。后来，知道他曾经有一份很好的工作，但下岗了，更不幸的是他妻子遭遇车祸至今还躺在床上。原本幸福的生活一下子陷入了困境。另外，他还有一个上学的女儿，也正是用钱的时候，因此只好出来卖点旧书，勉强维持生活。

一天，我正在他的书摊那儿看书的时候，突然下起了雨，我便帮他把书收起来。叔叔随即真诚地邀请我去他家坐一坐，说特别方便，离书摊不远，我微笑地点了点头。

他的家虽小却很干净，刚一进门，我就被他妻子的一脸笑容打动了。她斜倚着床头，从她那张同她丈夫一样温暖而平和的笑脸上，根本找不到那种贫病交加的人所表现出的苦闷、焦躁、冷漠与敌视。那张脸虽然清瘦苍白，但洋溢出的微笑却如花般灿烂。

就在我打量周围的同时，他女儿回来了。很漂亮的一个小姑娘，衣着很朴素，但她身上所散发出的青春活力却能感染所有的人。她脸上灿烂而干净的笑容一如她的父母。我在她那张无邪的笑脸中读出的是一份自强与希望。

069

后来，不知什么时候，书摊消失在那条熟悉的小路上。但他们一家人的微笑却令我久久不能忘怀。顺境中，它告诉我，要微笑不能孤傲；逆境中，它告诉我，要微笑不能绝望。

也许时间的流逝会使那些可爱的面孔变得模糊，但他们嘴角的弧线我将铭记永远。

（指导教师：赵静宜）

屋　檐　下

张乐林

　　夜黑沉沉，路上的行人已渐稀落，远处传来悠扬的音乐声，我沿着空寂的小巷踽踽独行，想去街上网吧一洗考试成绩滑坡的颓丧，可是没走多大一程，雨便噼里啪啦的下起来。我只好在屋檐下躲雨，雨的淅淅沥沥发酵着我的烦恼，我百无聊赖地扳着手指头，心里空荡荡的。

　　蓦地，一团白色的手电光映亮深巷的一角。哦，屋檐下又来了一位"伙伴"。我悄悄凑近光亮，这是一位眉清目秀的女孩，与我相仿年纪。此刻她正倚墙坐在屋檐下的台阶上，借着光亮全神贯注地看着一本书，她身边还放着一副拐杖。我感到蹊跷，便向她打招呼，问她到哪里去。女孩一怔，看清我满脸的善意，嫣然一笑，说要去老师家补课。我又问她腿怎么了，她说坐摩托车摔伤了。此时我明白了，她是怕落下功课才去补课的。好用功的女孩啊！我心中油然而生一种钦佩。怕打扰她看书，我没有再问。

　　雨，依然没有停歇，夜幕也愈来愈浓。黑黝黝的巷子里，只有雨在吟唱。我几次想冒雨跑掉，但瞥一眼她的影子，便打消了这个念头，尽管，我跟她萍水相逢，素不相识，但毕竟是位女孩，我一跑，她会害怕的。

　　突然，远处出现一团手电的光亮，渐渐朝我们身边移近，急促的脚步声在这静谧而空旷的小巷里显得格外清晰。显然这脚步声也惊动了这个女孩，她抬起头来，兴奋地叫了："老师，我在这儿呢！"这是位女教师，她一愣，立住脚，随即说："小芳，你怎么在这儿呢？""我在家等您，不见您来，我想您今天一定有事，怕耽误了补课，我就准备上您家去。""我说每天一定来给你补课的，怎么会不来呢？——你没淋上雨吧？"

　　"没呢，刚下雨，我就在这儿躲了。"

　　女教师走近女孩，牵起她的手，让她趴在背上。我见状忙拿起拐杖，递给女孩。

　　"谢谢你！你不是要上街吗？我们一同走吧！这儿有伞呢。"多纯真的声音，天使的声音。

　　"不，不啦！我，我还得等一位朋友呢！"我的脸一阵阵发烧，多亏了黑夜，掩饰了我撒谎时的窘。

　　"那我们先走了，再见！"

　　一阵坚实的脚步声在夜巷里消失了。屋檐下，只剩下一个心潮起伏的我。从邂逅的这师生身上，似乎传来一股暖流，猛烈撞击着我的心扉，使我振奋起来，我不会再徘徊了……

（指导教师：邱德保）

向爷爷学习

宋天健

童年的回忆，拾起来满手芬芳，散落了一地绚烂。

小时候，因为父母在外地工作的缘故，几乎所有的快乐，都与爷爷奶奶有关。爷爷的品质也一直影响着我。

爷爷早年毕业于北京科技大学，做了一辈子的学问。当年工作时官职也不小，但是他从来不摆架子，任何时候都是一副笑呵呵、慈祥的样子。我在学习上如果有不明白的问题，不管到夜里多晚他都能耐心地帮我解题、讲方法；一道数学题不管多难，也最多只考虑一个晚上，总能解开。有时晚上我做题到十二点多，看着爷爷在灯光下解题，眉头紧锁，一只手还不时地捏着鼻尖，似结了霜的头发在灯光下更加花白，真让我有些心酸。终于想出来了，好像如释重负的表情在舒展的皱纹中体现出来，于是来为我讲解，即使再简单，如果我没听懂，他会一遍遍耐心地讲，不厌其烦。爷爷的谦虚认真，值得我学习。

在我小时候，爷爷的腿是我的专属座位，爷爷的胸膛便是我最好的靠背。爷爷喜欢抱着我讲故事，在他讲的故事中，给我留下印象最深的是爷爷讲他小的时候，家乡天津被肆虐横行的侵华日军蹂躏，日军使用的生化武器使中国人饱受伤害。爷爷同样是个受害者，曾经身体皮肤溃烂，但爷爷坚持锻炼身体，坚强地活了下来，并坚持学习文化知识。爷爷说中国要强大中国人必须要有健康的体魄和进步的文化。爷爷的坚强勇敢，值得我学习。

爷爷虽说是个搞学问的，但由于奶奶身体不好，家务活还是由爷爷来干，不管多累多重，他总是一个人默默地承担。爷爷从来不同任何人发牢骚，每天都是高高兴兴的。纵使有人批评他，他也只是对于正确的欣然接受，错误的一笑了之。爷爷的乐观精神，值得我学习。

向爷爷学习，我不会忘记和爷爷一起走过的日子，我要让这些美好的品质在我的身上散发出浓郁的芳香。

（指导教师：杨怡）

小老板

李乾乾

我拎着装满空瓶的篮子，来到小售货亭前。在各种悬挂的商品的包围中，一个小小的窗口作为柜台。我把篮子放到"柜台"上，里面一个四十岁左右衣着不整的人招呼道："买什么呀？""四瓶啤酒，四瓶汽水。"把空瓶放那儿吧！"于是我来到亭前的几个空瓶箱前，把空瓶放进去。

一个人从屋里大摇大摆地走出来，原来是个和我差不多年龄的男孩。"买什么？自己拿吧！"一副带搭不理的劲头。我并没介意，低头自己拿了汽水、啤酒，站在他面前问道："多少钱？""汽水一块五角，啤酒两块八角，各四瓶……"他转过脸认真地计算起来。其实价钱我早算出来了，只是为了不侵犯主人的权利，才让他动动脑筋。

借着这工夫儿，我细细地打量起他来：个儿不高，长得很清秀，头发修饰成很新潮的发型。一副黑金属丝的小眼镜架在鼻梁上。他的衬衫外面是一件高级的西服马甲，再加上肥肥的西裤和老板鞋，俨然是一个小老板。只见他这时两手插兜，稍息而立，眉头紧锁，更添了副大亨的派头。

待我端详了他这一通，他才抬起头，颇自信地说："一十六块二！""一十六块二？"我立刻反问道，心里暗暗好笑：要是你当老板，两月不到，你这讲究的"一身儿"就得卖了换饭吃。听到我惊诧的反问，本来颇得意的他愣了一下，便又转过脸去，托着下巴思索了好一阵，才用犹豫的口气试探地答道："一十七块二。"

真不容易！我朝他笑了笑，也许是表示祝贺吧。他的脸红了，也不好意思地朝我笑了笑，收了钱，低头钻进了商亭。

（指导教师：李水兵）

第六部分

梦里梦外海蓝蓝

　　客车穿梭在古罗马帝国的残垣断壁之中，这里没有了往日的辉煌，却难以掩饰古罗马人的智慧。心中不禁感慨：这经历了几千年的残墙，虽然布满了沧桑，却依旧散发着那独特、神秘的魅力。文化沉淀于此，历史兴衰于此。

——章书语《梦在罗马》

梦里梦外海蓝蓝

王　丹

　　孩提时，我就曾沉醉在安徒生《海的女儿》的海里，"在海的远处，水是那么蓝，像最美丽的矢车菊花瓣，同时又是那么清，像最明亮的玻璃……在那儿，到处都闪耀着一种奇异的蓝色光彩。你很容易以为你是高高地在空中而不是在海底，你的头上和脚下全是一片蓝天……"海底的花园里有亮得像黄金的果子，有开得像燃烧着的火焰的花朵，更有眼睛如湖水般清澈蔚蓝的小美人鱼……

　　于是，我常常去海边。在金色的沙滩上，我会拉着弟弟的小手，聆听渔船归来时渔民的欢笑声，仰望停靠在海边的高大雄伟的"巨轮"。退潮后，我们蹦着跳着，在浅海的沙滩上、石头下寻找没有和海水一起回家的贪玩的小螃蟹、小虾……

　　更多的时候，我会把遐想的目光投向远方，投向海天相接的地方。威海的大海如此美丽迷人，翡翠般的海水下面定然有数不尽的神奇。我一直固执地幻想着有一天，海面上腾起白色的巨浪，浪花中走出慈祥美丽的海妈妈，她会用世界上最美丽的声音告诉我，我曾经是她遗失在人间的女儿。

　　我的童年是一片梦幻般蓝色的海。而今，海仍是蓝色的梦。梦里，那片蓝色，波光荡漾……那醉人的蓝啊！诗化了所有平淡的日子。大片的绿茵，似锦的繁花，错落的别墅，白帆式的望亭，时尚的雕塑……点缀着威海外滩的系列主题公园，仿佛一颗颗璀璨的珍珠，被海螺仙女用蓝色的丝线穿起来，光彩熠熠，引来了如织的游人。他们也和我一样陶醉于这梦幻般清澈的蓝色里吗？碧翠如玉的海水波光粼粼，一浪浪推吻银色的沙滩后，碎玉如雪，是那个遥远的大诗人笔下卷起的"千堆雪"吗？思绪便随着海水摇曳在深深浅浅、如梦如幻的蓝色里了。遥望远方海天一色，那是梦不到的色彩和优美的弧线。

　　凉爽的海风轻轻抚摩着我的脸颊，牵引着长发如影随形地舞动，心便飘到很远很远的地方……

（指导教师：杨伟华）

第六部分　梦里梦外海蓝蓝

蓉城一日

黄　蕊

朝阳冲出了云层，勇敢地探出了头，我沐浴在温柔的阳光中，漫步在美丽的蓉城。蓉城千里的春色，铺天盖地地涌来，我想带回一缕阳光，便把它塞进书包，暖暖的；我又伸手去掬了一捧春水，它浸湿了我的双手，顿时，我充满了力量。

在蓉城，当你睁开睡眼，就可以泡上一杯醇香的清茶，看茶叶在滚烫的开水中舒展身姿，体验"一年之计在于春，一日之计在于晨"的期待；看开水在一点点地收纳茶叶，领悟"海纳百川，有容乃大"的胸襟；寻水蒸气伴着热度缓缓上升的踪迹，思考着人生的哲理……坐在刻着细小花纹的竹椅上，看那神秘的茶艺之道。翻滚的茶叶水随着细长的铜壶嘴注入青花陶瓷的盖碗中，端起温热的花杯，任由那婉转飘逸的香气掠过你的鼻尖，飘进尘封已久的心灵。品一口香茗，让残留的余热传递到你的心坎，你会顿时融入中华民族博大精深的茶文化中。

而下午的蓉城是火辣的。

余晖脉脉，夕阳笼罩着整个蓉城；姹紫嫣红，芙蓉害羞地遮住了她粉嫩的脸庞。终于，大地拉下了黑色的幕帘，蓉城也随之放射出星星点点耀眼的灯光。

热情的川妹子成就了蓉城独特的麻辣火锅，市区里花红柳绿，放眼望去，似乎是大师们匠心独运的水彩画。饭桌上营养搭配极佳的菜肴，火锅里翻腾的"红海"，让人直流口水。吃一口滚烫的小菜，喝一口冰冻的啤酒，这可真是人生之莫大享受也。豆大的汗珠不时地往下掉，正应了那句成语"挥汗如雨"。火红的辣椒无疑是蓉城人的最爱，玲珑小巧的身段，火红的外衣，完美的搭配淋漓尽致地显露了这里的人们豪迈、不拘小节、热情好客的本性。

　　夜深了，忽而飘起了一阵细雨，洗去了喧嚣与浮尘，美丽的蓉城，就这样安静地睡去……

（指导教师：陈红玉）

寻梦周庄

温中源

有人说，要知道江南的美，只有去周庄。

梦里的周庄，总是那样纯美、古典，氤氲着江南的细雨，弥漫着秋日的风絮。从一块石板、一只灯笼到一条深巷、一座石桥，周庄永远在那里……

走进周庄，我沿着一条又一条的青石板，在深巷中搜寻沈万三的足迹，在迷楼中品一杯香茗，去感受阿金的余温，但迷了路的我却如何也嗅不出一丝历史的气息。

我问双桥："这，真的是周庄吗？"双桥摇了摇，我不懂，它也不懂。

日已黄昏，我上了一条小船，我以为这样总可以找回些许遗失的过去，可那尘世的喧嚣却撕毁了一层又一层空灵的静谧。

下了船，道旁的霓虹灯一盏接一盏地亮了。我叹了口气，低头前行。

沈万三、迷楼、阿金、周庄、水乡……挥一挥衣袖，迷蒙了往昔，模糊了过去。

有人说周庄的建设是以苏州的毁灭为代价的。可毕竟在姑苏城褪去了罗丝长衫之时，我们还是找到了一个穿着紫绮上襦的周庄。如若周庄也远去了，我们的梦又该飘落何方呢？

傅安桥下，寒水潺潺，我知道那不是水，那是一河清泪。周庄真的太伤感了。

我终于带着几分无奈离开了周庄。我知道，在这样的一座周庄里，我是定然找不到我的周庄了。

从某种意义上讲，古老的周庄早已不仅仅是周庄，而更多的是一种精神上、文化上的东西。周庄作为一种文化，承载了太多人精神上的希冀，于是当我们蓦然回首的那一刻，留下的只能是一声叹息。

周庄，正在离我远去，但离我们远去的，又何止是一座周庄？周庄的窘境从某一个层面上反映了整个中华古文化的窘境。面对这一切，除了无尽的彷徨和永世的凝望之外，我们到底又能做些什么呢？

　　离开周庄的时候，天下起了雨，雨中的周庄在淡去了喧嚣之余，又多了几分江南的飘逸。只是，这久违的飘逸又终归会同那四散的雨滴一起随风逝去。我，没有回头。

（指导教师：黄桂山）

083

遥望群山

段禹彤

　　我站在群山之巅，乘着环绕升腾的云雾，遥望绵延挺立的群山——呵，这似曾相识的景致，这恍似泉涌的心绪！

　　天蓝，山青，一青一蓝，这色彩，是不可侵犯的寒，还是深入人心的暖？想不尽，猜不透。就像这山的形象，忽而有慈父一般广博的胸怀，可以容纳天地，转眼间却又缄默不语，好似不能靠近的智者。群山！我曾投入你温暖的怀抱，聆听你的心声，感受你的呓语，梦想和你融为一体。今天，我却站在这巅峰，与你遥遥相对，突然间发现了你的陌生——你威仪，雄姿可畏，但我找不到你那熟悉的慈悲。挺立，此时的你，只有孤傲的挺立！这抹浓绿，真是适合于你，多么平易的颜色，却容不下半点儿嫣红！

　　是的，你容不下任何炫目的色彩，甚至容不下一切华丽的事物——我在遥望你，却看不到流淌在你怀中的清泉。我明白，那是因为你无法接受它在阳光下的熠熠生辉，便用绿荫将它埋没，夺去它辉煌的色彩。

　　然而，我似乎懂得你的心——

　　似暖似凉的气质，是你与生俱来的肃穆以及外界变迁的一切造就的。你目睹暴雨狂风，眼见电闪雷鸣，你希冀的是与蓝天相呼应。所以，你必须威严，必须有压倒一切的气场；但你本性的敦厚却让你愿意去无声地关心每一个接近你的事物。我想，这才是你真正的气度，英雄的气度！

　　你遮盖华丽，却从不扼杀它们，因为你热爱着质朴，更因为你明白，愈是夺目的事物，愈是容易泯灭——所以我知道，你刻意地掩盖，其实是最为纯朴的庇护，你不解温柔，因为你是阳刚的化身，但由你的一举一动，却总能叫人感到无限的温暖。

　　我遥望着你，你们——群山。我发现我终于读懂了你，读懂了隐藏在安详、稳健与威严中的亘古不变的温柔。我热爱着你，我愿沉溺于你独特的关怀中。

我愿永远永远地，遥望你。

（指导教师：王梅娟）

第六部分　梦里梦外海蓝蓝

游石鼓山记

杨　凯

绿色的春天，希望的春天，激人奋进的春天。在这个生机勃勃的季节，学校开展了"领略渭水风光，感悟周秦文化，陶冶人文情怀"的梦想之旅——春游石鼓山活动。

午后的阳光温暖和煦，拂面的春风轻柔舒畅，聚集的师生激情饱满。随着一声"向快乐出发"的呐喊，我们高举自制的特色班旗，迈着矫健的步伐向石鼓山进军喽！路上嘹亮的歌声此起彼伏，唱响青春的旋律，炫出年轻的色彩！

近了！近了！远远地看见石鼓阁的轮廓，我们异常兴奋。第一站到达"周文化浮雕墙"，一幅幅栩栩如生的浮雕，一个个绘声绘色的讲解，让我浮想联翩。周人创造的璀璨文明对中华民族文化的形成和发展有着巨大而深远的影响。历览岁月星空，四千年前，姜嫄脚踩巨人的足迹生下后稷，后稷擅长种植，遂成农官，开始了中国农业发展的漫漫探索，也拉开了周人艰苦的历史征程。站在牧野之战那幅浮雕前，我眼前浮现出武王伐纣的情景，耳畔仿佛也响起了厮杀声……

拾级而上，我被五德园的雕塑群所吸引，在这里，我感受到"仁"的博大，"义"的崇高，"礼"的魅力，"智"的聪慧，"信"的挚诚。我真想破解智园棋局中的奥秘！

转过两道弯，便来到了秦文化广场，我们在高耸的石鼓阁前齐诵《论语》经典，高歌《中华诵》，放飞"陈仓龙"。

石鼓阁是仿秦建筑风格，阁高56.9米，建筑面积7200平方米，外五内九的层级设置，预示着周秦文明在中华文明中的尊崇地位。它所在的这座石鼓山东临茵香河，南靠秦岭主峰鸡峰山，西望市区，北瞰渭河，与石鼓阁构成了一幅绝妙的山水画！

进入了石鼓阁内，里面全部都是有关石鼓文与石鼓的历史，可怎么也没见到石鼓呀。一问导游，原来在中央放置的十块花岗岩大石头就是石鼓，高二尺余，直径一尺多，每个重约一吨，上面还用四言古诗歌咏了秦国君主游猎的情况，可惜篆文我都不认识，从讲解中我了解到石鼓文化是秦文化的有机组成部分，是秦文化的精华。它不仅为我国文字学、文学、史学、金石书画艺术等保存了难得的实物，而且为探讨汉字发展的轨迹，研究周、秦当时的政治、经济、文化、生态环境提供了重要史料。

　　走出石鼓阁，我们在秦文化广场合影，让这难忘的旅程永驻心间。

　　我感到这是一次领略渭水风光的魅力之旅，感悟周秦历史的文化之旅，陶冶人文情怀的心灵之旅，播撒梦想种子的希望之旅！

（指导教师：田玲）

第六部分　梦里梦外海蓝蓝

梦在罗马

章书语

假期对我来说，就像一个探索世界的望远镜，让我发现异国别致的情趣；就像一本日记，等待我去描绘；更像一本渊博的书，等待我去品味。这个假期，我与父母一同度过了"罗马假日"，在这里，梦从每一扇旧窗溢出，从每一块石砖溢出，从每一道雕纹溢出，从每一株老藤溢出……

客车穿梭在古罗马帝国的残垣断壁之中，这里没有了往日的辉煌，却难以掩饰古罗马人的智慧。心中不禁感慨：这经历了几千年的残墙，虽然布满了沧桑，却依旧散发着那独特、神秘的魅力。文化沉淀于此，历史兴衰于此。

车在斗兽场门口缓缓停下，望着眼前这座结构巧妙，规模宏大，虽不完整却很完美的建筑，竟有一种心归故里的感觉。我小心的伸手触碰墙面，将肌肤与那智慧的墙土相交融，几千年的故事便历历在目：这个柱形建筑的底部八个门洞中分别走出角斗士与野兽，衣着华丽的达官贵人与平民百姓嬉笑着在看台上等待着角斗士，角斗士亦是奴隶，他们依靠搏斗来赢取观众欢心，而看台上的人如果大拇指朝上，奴隶便可以变为平民。命运在这里轮回。

我静静地伫立在斗兽场跟前，太阳用金纱将它分为阴阳两半，阴的一面有着血与沙的黑暗，阳的一半则化身成了一位浪漫的罗马少女。井然的圆柱，有序的门洞，层叠而上，就是这儿，我心中的罗马。

随后，自由活动时间，已是下午时分，我漫步在罗马城中，炎热的天气暗喻着罗马人的热情。手拿一盒冰激凌，坐在许愿池旁的台阶上慢慢享受，望着眼前人影如梭的街道，心中无比释然。我明白了，意大利人的浪漫是在灵魂深处的，是明媚的。不似法国人那般含蓄，也不比西班牙人那般热烈。我学着池边游人的样子，手拿一枚硬币与心中的三个愿望，一起从胸前轻轻滑过，抛入许愿池中，一种浪漫与神圣便涌上心头。从街头乞讨的艺人到巷道里随处可见的写生画家与街边卖唱的组合，再到罗马广场上米开朗琪罗的雕像。我用相机记录下这一个个充满艺术气息的角落。

即使有一天老了，也依旧穿着华贵的长袍，迈着优雅的步伐——这便是我心中的罗马。

（指导教师：王梅娟）

089

海韵浓浓

吴秋月

　　椰风海韵，美不胜收，这是滨海椰城——海口独有的景色。成行成列的椰树，茫茫的海滩，蓝蓝的海水，轻轻的海风，这些迷人的风采令人心旷神怡。

　　清晨，一层薄雾披在海面上，像是给正在沉睡的大海穿上了纱衣，分不清哪里是水，哪里是天。海滩湿漉漉的，好像刚刚沐浴过一样。一棵棵椰子树像战士一样整齐地矗立在海岸边，它们是大海忠诚的卫士。我坐在椰子树下，接受着海风的洗礼。不一会儿，太阳就跳出了海面，红彤彤的；薄雾彬彬有礼，款款退去；金黄的阳光洒在海面上，为新的一天拉开了序幕。悠闲的人们三两结伴在海边或散步或慢跑。"呜——呜——"随着几声汽笛的鸣响，轮船出海了。一日之计在于晨，人们又开始迎接新一天的新收获！

　　中午，艳阳高照，椰子树用坚忍迎接烈日的考验，枝条一动不动，像极了正在站军姿的士兵。海面上浪花不急不躁，从容地翻腾，和阳光的热烈相互应和着。沙滩上有人在尽情享受着日光浴，也有许多人架起了太阳伞，在伞下享受美食。更多的耐不住炎热，投向大海的怀抱了。此时，太阳、大海和人们都不甘寂寞。

　　下午，张扬的太阳总算有所收敛，凉风踊跃起来，大海攒足了气势似的比之前更汹涌了，于是海的声音越发欢腾，那是后浪追击前浪的声音。这时候人们不约而同涌到了沙滩上，尽情地享受美景、享受悠闲、享受生活！

　　天色渐渐暗了，黄昏时的大海显得更美丽了。远处海水和天空之间形成了一条笔直的线，那是素描者轻轻画下的一笔吧，浓浓的画意，仿佛在梦境之中。夕阳西下，柔和的光洒在海面上，激起无限的诗意。夕阳已经把它的万般柔情都倾注给了这片汪洋，人们更成了这诗情画意中的一部分。

　　夜来了。繁星闪烁，海面也浮起粼粼的波光，和滨海椰城的街灯连成一片，真称得上是天上人间。

　　海口，孕育了秀丽的景色，孕育了动人的情韵，也孕育了美好的生活，让所有亲近她的人流连忘返！

（指导教师：陈青）

家乡的明湖

李文君

家乡的明湖，平静美丽，每次走过那里，都不舍得离开。

站在高处看湖，湖面波光粼粼，看久了，眼前幻出一团团光晕。双足刚刚浸到冰凉的湖水里，一阵清爽就扑面而来。玩累了，坐在岸边的草地上，刚刚玩水的兴奋渐渐平息，望着对岸，一排小亭子，红瓦白墙，倒映在水中；抬头仰望，蓝蓝的天空飘过几朵白云……啊，这一刻我忘记了一切，只感到世界是那么美好。

一阵涟漪打破了平静。什么东西？我疑惑着。涟漪就像听到我的话似的，一圈接一圈地泛开来。水里好像有东西在动，我好奇地睁大眼睛，却只看见一环套一环的小旋涡。手持一只小塑料袋，瞧准了旋涡中心，慢慢地一捞——咦，怎么只有一袋子水。正沮丧呢，水面浮出一只只指甲盖大小的透明小鱼，尾巴一摇一摆，嘴巴一张一合，好像在说……在说什么？大声点，我听不清，还没看够，小鱼已经游远了。

岸边是片绿绿的、厚厚的草坪，坐下去再起来，草坪上就会生出一个凹坑，接着还会慢慢地一点点鼓起来。突然，我发现这片绿中有一片不和谐的"枯叶"，定睛一看，着实一惊——枯叶下有只好大的蚂蚱。惊魂未定，怎么手上痒痒的？低头一看，一只小蚂蚁正悠闲地在我手中散步呢。我把它轻轻放在地上，希望它快点找到回家的路。

在湖边，在草地，人们尽情享受着大自然带来的美妙时光。

我爱家乡的明湖，愿你美丽的身影永远不变！

（指导教师：左钢）

今古同辉美名传

陈鸿程

没有国际大都市的缤纷炫目，也不似秀丽水乡的迷蒙雅致，海口散发着独有的韵味。她有着平实的生活气息，沉淀着浓浓的古韵。

海口的条条街巷间，聚拢了太多的热闹，那是用生活的勃勃生气奏成的乐章。步行街两旁尽是商家、卖坊，行人摩肩接踵。卖家货品琳琅满目，有精致的椰雕，玲珑中透出古朴的乡土气息，令人爱不释手；有饱含情谊的南国红豆饰品，像在诠释着一个个花前月下的浪漫故事；有色彩缤纷的海贝制品，让人向往聆听海的声音；有物美价廉、香醇可口、现炒现卖的海南咖啡；有甘甜细韧的椰糕，若是细细品味，一定唇齿留香；还有香滑的海南粉、爽口的椰汁等等，无不让人流连忘返。在这幅多姿的街市画卷中，大家都成了其中精彩的一笔。

在这繁华的街市边，有种种的历史角色在静静观望。

那是"千秋功罪垂定论"的五公祠。被风雨荡涤的粟泉亭和洗心轩倾诉着墨客功臣苏东坡人生的起起伏伏；碧瓦飞甍、亭台楼阁与沉静的"五公"石塑一起吟诵着荡气回肠的英烈之声。

那是两袖清风、名垂千古的海瑞长眠之所——海瑞墓。微染青苔的石柱、尘埃落定的石阶讲述了"物换星移几度秋"的苍凉；句句碑文记录了海瑞"三生不改冰霜操，万死常留社稷身"的传奇一生。

那是墨香氤氲的琼台书院。古香古色的青瓦、诗韵缭绕的红廊、别具一格的白墙从岁月长河的上游一路流来，颂扬着丘浚的创举；雕梁画栋的魁星楼又在张日旻绝佳才情的勾勒下，化成了传唱才子佳人情愫的琼楼玉宇。

今情古韵是一支动人的笙箫曲，将海口的美传向了四方。

（指导教师：陈青）

093

第六部分　梦里梦外海蓝蓝

第七部分

让我温暖你的手

　　白驹过隙，我们一路走到了与老 Z 分别的这一天。直至动笔答题的那一刻，才发觉心中的不舍。从对立到亲密，从不屑到崇拜，从疏远到亲近，老 Z 用自己的人格魅力驱走寒冬，用他带来的春的气息温暖着每一个学生的心田。

——刘仪《立春》

让我温暖你的手

李园园

在我们的数学课上总会响起"啪！啪！啪！"的声音。那是遇到了难点，马老师的手指敲击黑板传出的特别声音。这不，这次老师的手依旧如箭头般，直指着一道很复杂的例题，我们的注意力立刻高度集中起来。

一连做完十几道例题，我的身体似乎也做了充分地热身运动，变得暖烘烘的。马老师从后面走到我这里，弯下腰，检查我的习题。依然是那熟悉的手，食指稍稍弯曲，中指直挺着，快速地移动，扫描着我的答案。

我的手指也不禁随着那手指移动起来。不经意间触碰到马老师的手指，一丝冰凉的温度传来，我的心紧紧收缩起来。好凉啊！

手指离开了我的本子，马老师紧接着走向了下一个同学。我的心被那一丝冰凉震动了。刚才，马老师还在黑板前把重点敲得"噼里啪啦"响，而那双犹如我们心中永不熄灭的指路明灯般的手，怎么会如此冰凉？是天气太冷了吗？不——一定是老师太累了，身体太虚弱了！

亲爱的老师，您执着的双手温暖着我们每个人的心灵，您关爱的双手呵护着我们每个人的成长。真希望下次可以用我们优异的成绩，编织成一双温暖的手套送给您，温暖您的双手，温暖您的心。

（指导教师：张燕霞）

我的围棋老师

程可昕

我有一位围棋老师，姓邓。他个头不高，戴副眼镜，样子很普通。倒是他眼镜后面的一双眼睛最先引起我的注意——看人时，两只眼珠居然分别看不同的方向，这也太奇怪了！后来才知道，他的眼睛受过伤。所以，当他第一次看着我的时候，我觉得那模样很可笑。

我第一次去上课，只是抱着试听一下的想法坐在最后。刚坐下，就听到他说："下围棋要学会围地盘，但要往外围，而不是往自己已经有优势的地方围，否则，就像一个人往自己的家里扔石头，这不是很愚蠢吗？"我立刻觉得这位老师讲课很形象，让我一下子就记住了一些关键的攻守知识。有时，个别同学上课时思想开小差不看棋盘示范板，邓老师既不生气也不呵斥他们，而是不紧不慢地走过去，一边不动声色地讲课，一边伸手把那些同学的脑袋轻轻扭向棋盘示范板。我当时的感觉是他在扭几个小西瓜，特好玩！我突然觉得，我会喜欢听他的课。

邓老师上课时很严肃，但下课后很随和。有一次，我缺了一节课，邓老师就给我补课。补完课后，我们开起玩笑来，邓老师笑得眯起了眼，像孩子般天真。

我越来越喜欢上邓老师的课了，我几乎忘记了他是一个眼睛有缺陷的人。

最令我难忘的是那次定级比赛。比赛前，我觉得自己没有把握，没有信心，就去找邓老师，请他预估我的成绩。邓老师的回答令我吃惊，并说了一句我永远也不会忘记的话——"我就是相信自己的学生！"后来，从准备到比赛的整个过程中，我的耳边总萦绕着这句话。结果，我取得了自己学围棋以来的最好成绩！

"我就是相信自己的学生"这句话，至今仍深深印在我的脑海里，并激励着我充满自信地一直向前。

(指导教师：周跃文)

表扬的魔力

班姜冰

曾经的我，是个太过平常的孩子，在许多方面都不如同龄人，甚至在自己的眼中，我也缺少希望。然而一句话却改变了这一切。

那是个阳光明媚的下午，电脑课上，我正在制作幻灯片。有关"母爱"方面的文字，偶然间，竟连成了四句不成文的小诗："母爱就像阳光，抚育着我们成长；母爱就像蜡烛，为我们照亮方向；母爱就像……"我自己都有些惊奇，这是我自己写的吗？反反复复又读了几遍，觉着有些不可思议。

放学后天色已经很晚，但我还是忍不住拿着自己写的"诗"，跑向了杜老师的办公室，内心很是激动。然而，在门口，我收住了脚，犹豫了起来，是进还是不进。尽管有些发慌，可还是缓缓地走了进去。杜老师正在埋头批阅作文，见我进来，抬起头微笑地问："怎么，有事？""哦，刚刚我写了首诗想让您看看。""是吗？拿来我欣赏一下。"杜老师专注而认真的神情，让我既紧张又感动。这时听到了她喜悦的声音："哦，不错，写得真棒，有当作家的潜力呢！"我欣喜地听着，走上前去，认真地听着老师的谆谆教导。

经过老师的点拨以后，我开始慢慢地喜欢写作，热爱学习与生活，也开始慢慢读懂了海明威所说的那句话，"人生来不是被打倒的"。我学会了拼搏，为自己的明天而奋斗。日后，尽管仍有困难重重，但我仍然自信地对自己说："我，是最棒的！"

（指导教师：杜鹃）

立 春

刘 仪

"海日生残夜，江春入旧年。"新旧交替乃自然规律。飘雪之后，春天还会远么？

——题记

老Z是我们的班主任。高高的个子，头发整齐地向后梳着，强壮魁梧的身材看起来倒像个体育老师，但他却在鼻梁上架了一副啤酒瓶底一样厚的眼镜，一副很滑稽的样子。

记得初一的时候，老Z一进教室门，我们就被他的外貌唬住了，用不怒自威形容正合适。我在心里盘算，这么"恐怖"的老师，今后三年有罪受了。当时幼稚的我们，认为男士当老师是很没出息的表现，心里对老Z很是不屑，总是和他对着干。在老Z的课上，我们从来不回答问题，就是想看看他这独角戏如何演下去，想方设法让他在庄严的三尺讲台上出丑。

此刻，老Z暴躁、脾气不好的缺点被我们用放大镜无限扩大；而他治学严谨、幽默风趣的优点却被我们自动过滤了。

那时，我们和老Z相处在最冷的冬天。

初二了，老Z突发奇想带着我们几个去他家的玉米地，沿途寻访古迹。师命不敢违，我带着几分不愿踏上征程。那次寻古之旅，成为我们和老Z关系的转折。

出发那天，天气很好。老Z率领着我们五个人骑着车子一路讲解。从大学遗址到崇善寺，从老城墙到儿童公园的纪念堂，我们沿途中用ＤＶ拍摄，手抄笔录，完全沉浸在老Z新奇的"语文课"中。学习知识，阅读历史，我们穿梭于知识之海时也渐渐看到了老Z博古通今的优点。之后，我们去了老Z在乡下的家。老Z在车上给我们讲了许多田间的趣闻。不知不觉中，我们与老Z更亲近了。现在回想才发现,当时自己心中的情感,叫作崇拜。

此时,春天已悄无声息地降临了。

白驹过隙,我们一路走到了与老Z分别的这一天。直至动笔答题的那一刻,才发觉心中的不舍。从对立到亲密,从不屑到崇拜,从疏远到亲近,老Z用自己的人格魅力驱走寒冬,用他带来的春的气息温暖着每一个学生的心田。

(指导教师:王宇)

黑板上的记忆

刘明睿

　　偶尔心头滑过一丝明媚的忧伤，看日光倾城，听安静的歌，享受着暑假快乐的时光。只是闲暇时会想起上学时略有些拥挤的教室，以及，那面镶在墙上，一直缄默不言的黑板。

　　阳光从香樟树的间隙散落，映成地面上斑驳好看的花影。偶尔看到飞鸟从天空掠过，像是在天空这块大黑板上涂抹着什么。这才猛然想起，其实在教室里一直陪我走过的，是那面安静的黑板，而它身上早已布满斑驳。

　　九月的校园永远叽叽喳喳吵吵闹闹。

　　走进教室，看见黑板，心中偶尔荡起阵阵暖流。年少的我们，有过轻狂，有过嚣张。曾经跌撞，也曾经受伤。而黑板作为最朴实的见证者，记录着那些关于我们的"光怪陆离"的故事。

　　黑板上的记忆，是语文老师偶尔柔情似水、偶尔刚劲豪迈的字迹；是数学老师偶尔抽象、偶尔工整的几何图形；是英语老师自始至终娇小整齐的英文字母。这面黑板，是老师传授知识，塑造人类灵魂的工具。

　　黑板上的记忆，是老师在每次考试后总结的经验教训，是老师在有人沮丧失利时最真挚的鼓励，是老师在放假前重复了一遍又一遍的安全叮嘱。这面黑板，是老师与学生沟通的桥梁。

　　黑板上的记忆，是开元旦晚会前华丽的大字，是自习课布满角落的各科作业，是考试前充斥着整张黑板的各科习题，是放学后某人画上的可爱漫画。这面黑板，承载着我们四年的喜怒哀乐，忧伤跌撞。

　　黑板上的记忆，是晾在草地上还未风干的故事……

（指导教师：钮家芳）

第七部分　让我温暖你的手

美丽的谎言

黄东跃

班会课上，我意外地发现曹老师手中拿着一张人民币。我感到很纳闷。这时，曹老师微笑着对小华说："张小华，你妈妈寄来50元钱，快拿去。"我们简直不相信自己的耳朵：小华的爸爸妈妈不是早就离了婚，谁也不愿意抚养他吗？

这时候，谁会寄钱给他，难道是他妈妈又回心转意了？同学们悄悄议论开了。小华早已惊讶不已。"小华，快上来拿呀！"等老师这一催促，小华这才回过神来，眼含热泪，走上了讲台。曹老师慈爱地抚摸着小华的头："小华，你妈妈给你寄钱，是为了让你好好学习呀，你可不能辜负妈妈对你的希望啊！"听了曹老师这番话，同学们都感动了，几个女同学眼圈都红了。同学们为小华重新得到母爱而感到高兴。小华泪流满面，双手接过钱。

从此，小华便发愤学习。一分耕耘，一分收获。期中考试，小华终于取得了优异的成绩，还被学校评为"三好学习"，曹老师对他越发喜爱。

两个学期过去了，每月初，小华便能收到"妈妈"寄来的50元钱，而且都由曹老师转交。我不由得产生了疑问：小华的妈妈为什么每次都把钱邮给曹老师呢？

一次，我去交数学练习本，只听两个老师在议论。一个说："像曹老师这样的人真少啊！"另一个说："是啊，自己拿工资吃饭，还要接济穷孩子，真不容易啊！"我愣住了，"怎么，那50元钱会不会……"我立刻转身，向曹老师的办公室走去。

一进门，我再也抑制不住内心的冲动，问："曹老师，你每次给小华的50元钱，是他妈妈寄来的吗？"50元钱？"曹老师停了一会儿，"噢，是啊！怎么啦？""不，曹老师，您不要瞒我了，那钱是你的，小华的妈妈怎么会每次都把钱寄给你呢？"曹老师先是一愣，随即笑着对我说：
"班级只有你知道，答应老师，不要告诉别的同学，好吗？""可是，曹
老师……""我是他的班主任，可怜的孩子需要温暖啊！"

　　啊，我终于明白了。曹老师，您用那美丽的谎言，温暖了一颗受伤的
心。您是老师，您更是一位慈爱的母亲！

（指导教师：徐益阳）

103

第七部分　让我温暖你的手

第八部分

生活告诉了我

在失败后，擦干泪，一切从头开始，是我的从容。我最终收获了快乐的过程。过程往往比结果更美。在成功时，淡然一笑；以前的是以前，往后的是往后，这也是我的从容。我有了快乐的开始。

——刘睿《从容，我的快乐之源》

从容，我的快乐之源

刘 睿

从容是什么？是徐志摩在康桥上拂袖而去的潇洒？还是三毛独立在周庄任凭泪流满面的绝尘？是范仲淹"不以物喜，不以己悲"的执着？抑或是"万花丛中过，片叶不沾身"的傲然？然而翻开字典，解释很模糊，仿佛是黑夜中一个短烛的影子。也许，这个词的解释权属于每个人自己了。那我的从容是什么？应该是一种难以说清的心态吧！

在失败后，擦干泪，一切从头开始，是我的从容。我最终收获了快乐的过程。过程往往比结果更美。在成功时，淡然一笑；以前的是以前，往后的是往后，这也是我的从容。我有了快乐的开始。

在母亲节时，只悄悄地在花瓶中插上一朵康乃馨，依然是我的从容。我会看见母亲欣慰的笑，"无声胜有声"。幸福是不需要语言的。

随着年龄的增长，我对从容的理解越来越深。如果小溪越来越多，那海怎么会不变大？理所当然，我的快乐也随之增长了。

"锦瑟无端五十弦，一弦一柱思华年。"想来，李商隐老先生唱得定然很是动情。玉兰树下时光荏苒，对于时间，我又有了一份从容。轻轻地握住今天，像握住金苹果的种子。我可以不为年华的虚度而悔恨，这难道不是增加了一份快乐吗？生命难以永恒，永恒的只是生死的交替。很久前亲人的离去和即将的分别让我明白：亲人、朋友都是生命中的过程，每个人点缀一段时光后，都会悄然离去。离去很痛苦，但我并不想去拒绝。因为我的从容告诉我，正是这得到和失去的过程，让我们懂得珍惜，懂得追求，懂得生命，懂得感恩。于是我学会平静，而这样的从容更让我知道应该乐观，应该帮助别人。因此我的生活中增添了不少欢笑。

从容并不要多，一点就够了。中华民族本身就是一个这样的民族。从从容容地走过五千年的时光，也要继续这样走下去。时光的飞逝和战火并没有阻止她的旅程。她依旧那样快乐、认真充满活力地走下去。是的，从容也让我增添了一份作为中国人的快乐和自信。

从容，是我的快乐之源。我并不孤独，因为每一个炎黄子孙和我共度。

黑白遐想

刘轩伊

科学老师曾教我们做过一个实验，七彩的转盘在旋转中变幻出的却是黑白灰，我至今没有理解其中的奥秘，这也引发了我对黑白的无限遐想。

相比较时下高清晰的彩色电影，我更钟情于那黑白营造出的古典氛围。卓别林的黑白幽默剧惹人发笑，它没有过多动感的色彩，由屏幕透出的是一种丰富的肢体语言，是一种用形体描述的快乐。奥黛丽·赫本的《罗马假日》令我母亲痴迷一时，我也对赫本的一袭黑圆点白底宽边连衣裙甚是喜爱。想到奶奶说过一句："现在的戏剧远没有当时的黑白戏剧有韵味。"我大为认同。

其实，在一段时间内，我也曾对黑白产生厌弃。

那年夏天，我受着油画大家的"熏陶"不肯再学素描，妈妈解释素描是所有画种的基础。我听着厌烦极了，认为黑白是呆板陈旧的象征，毫无生气的标志，因此我决定把素描材料都尘封，誓要和"黑白"一刀两断。妈妈不慌不忙地拿来一张照片，照片中朦胧的烟雨里，黑瓦白墙守护着远行的乌篷船，在远处交融。一切好似静止，一切又随着烟雨浮动。"噢，这不是我们去乌镇拍的照片吗？"停住几秒后，我和妈妈都笑了。"大千世界，五颜六色，有哪些能比过黑白营造的意境。它们以明暗的变化，表现出一种含蓄智慧的美。"妈妈语重心长地说。我重拾素描画材，又回到追求黑白融合的道路之中。

有黑白真好，它构成了线与形完美的结合，明与暗精彩的合奏。它期待你用高雅的心态去享受它，我期待它陪伴我走过精彩的一生。

（指导教师：陈琴婵）

空白，也是一种享受

陈 爽

　　一边是婀娜多姿的垂柳在柔风中裙袂风扬，翩然起舞，一边是干净高大的白楼在阳光下窗明墙净，安然不动处其间的却是空白——这片冰冷的水泥台。

　　那本是属于我们院的，却因要道路拓宽被割裂出来，但后来就再也无人问津了。就这样这里成了一片空白，既不属于我们的院子，又没有变成马路，就这么尴尬地搁在两者之间，水泥台上满是或深或浅的裂纹，旁边有一些残破的砖和赤裸裸的一排土地。

　　每天都会看着这片格格不入的空白。曾经甚至不厌其烦地问门卫老大爷什么时候拆，等来的每次都是老大爷的摇头和满心的失望。夜晚回家时，银色月光撒下清辉，那空白则越发阴森恐怖。

　　直到有一天看到几个小孩在水泥台上挥舞着手乱跑，在玩警察捉小偷的游戏，玩累了坐在台沿上聊天，其中一个不由自主地喊：

　　"啊，这个台子真好！"

　　另几个立刻附和起来：

　　"是呀，要不我们都没地儿玩。"

　　"呵呵，晚上有时还有摇爆米花的咧，可香了！"

　　听着他们由衷地赞美，我放慢脚步，心中大为不解。居然有人喜欢这片空白？会这么幸福地去享受它？

　　于是我开始重新审视这片空白，渐渐地发现这并不像我想象得那么糟。旁边那排荒土地上长着一些扫帚草，还有几只爬山虎嫩绿的触手；经常会有几个老爷爷蹲坐成一圈下棋，享受着密不透光的高楼林立间仅能渗进来的阳光；放学后孩子们会在这里奔跑；遛狗的人们也青睐这片空白……仿佛除了我，每个人都在享受这片让我厌恶已久的空白。

这片空白并不是山水画中那样意境优美让人无限神往的留白，也不是琵琶曲中"此时无声胜有声"使人遐想的静音，它只是规划部门的一次失误。看似格格不入，却为人们带来了无尽的快乐，教会人们去享受闲暇，享受阳光，享受生命。

那天夜里回家，银白的月光撒满那片空白，昏黄的路灯下，桅杆的影子印在空白上，一只敏捷的黑猫横穿过这光与影的交汇中，我屏住呼吸，为眼前的宁静所震慑。一切都那么熟悉，却又出乎意料的和谐。让人沉醉的美丽。

也许生活中的确存在着或大或小的空白，它们正是上帝在人间的留白艺术。何必去嫌弃厌恶它们？不妨换一种眼光，不妨换一种心态，像吟诗赏画般去看待它们并感恩于此。

你会渐渐发现，空白也是一种享受。

（指导教师：李小青）

老 屋

叶 子

两年前。我站在青石板路旁，望着那被刺眼的红漆写了大大"拆"字的老屋，充满了那个时代的岁月轨迹——小楼庭院、青砖陋巷。身边响起那句"雕栏玉砌应犹在，只是朱颜改"，而如今，眼前的小巷、小屋、青石板面临的，不只是"朱颜改"如此的简单，这块小地的依山傍水正注定了它被铲平，继而筑起一栋栋黄金价格大楼的命运。

院中的竹子已枯黄了一半，无人来往的回廊泛起一阵接一阵凄凉的寒意：可堪孤馆闭春寒，杜鹃声里斜阳暮。

夕阳下的老屋仿佛是一个满面沧桑的老人，为自己的命运挣扎却无济于事，耳边仿佛又响起了那回荡在小巷中的卖馄饨老人敲竹的空响，眼前仿佛又见到了那坐在冰凉青石板上摇着蒲扇的老头老太。老屋老巷保存着的，是城市的轨迹，却不得不被那迫不及待生出的黄金楼盘而替代。我伫立在青石板上，痴痴地望着垂死挣扎着的老屋、小巷。

一个月前。我驻足此地，脚下踩着的，却已是被推土机所碾碎的、由那青石板的残骸堆积而成的路，原来的青石板路已有一半被填上了柏油，翠微山旁已建成了一批粉得刺眼的新房，老屋自然已去。放眼望去，却见到两间仍颤颤巍巍立在那儿的钉子户，上前细看，却是以往的邻居家，进去与邻居搭话，却只听邻居愤愤地说："我就躺在这儿，他们想拆我的房子，连我一并拆了。"继而絮絮叨叨地讲起自己与拆迁办所做的各种"斗争"。

天下起了雨，我别了邻居老人，踩着那以往的青石板路飞奔离去，老屋的呐喊仿佛在身边回荡，推土机、起重机的声音在耳边如同雷鸣般的对我的思绪进行轰炸，对城市的轨迹进行连番的摧残，那是城市的尴尬和不安在蠕动，让一栋栋高楼驱散了城市的轨迹，疯狂工作的工程队，疯狂涨价的楼盘，停一停吧，让城市的轨迹永久保存，在高楼兴起的同时，别忘了这座古城往昔的模样。

（指导教师：仲崇光）

那一次，我懂得了珍惜

金天天

那是一个简简单单的游戏，却让我刻骨铭心。

我清楚地记得，那年夏天，蝉，依然倔强地鸣着，而天气是那样闷热。空气里弥漫着的是让人不安的气息。

老师让我们在纸上写下我们最爱的五个人。这听起来很简单，但我却在一个个名字前徘徊。是他么？是她么？在老师的催促下，我近乎无奈地写下我深思熟虑后的五个词语——妈妈、爸爸、爷爷、奶奶、舅舅。

"划掉一个名字吧，孩子们，这表示他从不存在。"老师那平时听起来温柔亲切的声音，现在听来，却是铁一般的坚硬冰冷。

当我的笔停留在一个个名字前，那一幕幕的往事就像潮水般涌上心头。划去了，就不存在了吗？那我心底的那些幸福记忆又哪去了？我想哭。我的笔落下，就像一个残忍的刽子手，无情地，手起刀落。我划掉了爷爷。落笔的那一刻，心在颤，眼前，浮现出爷爷慈爱的笑容……

"现在，再划去一个吧！"老师的声音再次无情地响起。

不，不要！现在才发现，身边的每一个人都那么难以割舍，不能没有你啊！笔尖，在一个个名字前游走，泪，不知什么时候，爬满了脸。教室里响起一阵阵啜泣声。我小声抽泣着，选择了奶奶。落笔的那一刻，我仿佛又回到了奶奶温暖的怀抱……

泪，流进了嘴里，咸咸的，是感情的潮水。心里突然一阵空洞。

没有人继续下去了，没有人再敢继续下去了。我也是，我怕失去。在划这些名字的时候，我仿佛划掉了我的幸福，划掉了我的爱，划掉了我生命的意义。

教室里，是可怕的静默，可老师无情的声音依然继续："不要停，这是你们必须面对的！"

是的，从出生开始，我们就已经加入了这个游戏，我们迟早要面对亲人的离去。但此时，我流着泪，不再落笔。我要好好珍惜现有的每一个词语，就像珍惜它们所代表的每一个亲人。

　　这，也许就是老师想通过这个游戏告诉我们的吧！

（指导教师：程日东）

留心小小的风景

张雨晴

心血来潮，我大半夜爬起来，想看日出。

等了一个多钟头，也没见太阳露面。因为无聊，我拿出火柴把玩着。"呲——"一根火柴点燃了，小小的火焰跳动着，散发着光和热。几秒钟后，它熄灭了。我又点燃一根火柴，它的光是红色的，有些微黄。仔细看，会发现火焰的边缘是淡淡的蓝色，好美好美。它也在欢快地跳动着，炫耀着自己的美。不过，很快，它也灭了。我又划着一根火柴，"呲——"火焰像一个顽皮的孩子，一下子蹦到我的面前，那橘黄的火焰温暖着我，驱走了这冬夜的寒气。它没有因为自己生命的短暂而萎靡不振，恰恰相反，它在骄傲地跳动着，摇曳着优美的身姿。然后，我就这样划着火柴，第四根，第五根……在等待日出的那个漆黑、寒冷而又寂寞的冬日清晨，这些小小的火柴、微微跳动的火焰，为我带来了光明、温暖和感动。

太阳出来了，像一个大红灯笼，挑在空中，很美。可是，它离我那么遥远，而且，我感觉不到它的温暖。

看着那遥不可及的朝阳，再看看地下凌乱的火柴柄，我突然发现，火柴小小的火焰与美丽的朝阳相比，它的美毫不逊色！然而，我们往往对日出之类的风景情有独钟，而对于那些微小的风景却常常熟视无睹。因此，不远万里去观赏名山大川的人不计其数，而在自家庭院里留心观察的人却寥寥无几。

我以前就是这样，从没有发现生活中有什么值得"欣赏"的。每天面对着家人、老师和同学那熟悉得不能再熟悉的脸，打发着一成不变的日子。枯燥、无聊到了极点。总之，生活中没有什么"风景"。

可小小的火柴唤醒了我麻木的心。我试着用心去观察和体会，第一次发现校园是那么美丽，同学是那么热情，父母是那么慈爱……

哲人说："生活中不是缺少美，而是缺少发现美的眼睛。"词人说："众里寻他千百度，蓦然回首，那人却在灯火阑珊处。"其实，风景之优劣本不在大小，我们缺少的乃是这种发现的眼睛和回首的态度，只顾着寻寻觅觅，却不知错过了多少美丽的风景。

请放慢你的脚步，留心身边的风景。无论是岩石下刚露头的小草，还是母亲做饭时那氤氲的烟气，无不令人怦然心动！

只要用心，再小，也是风景！

（指导教师：曹瑞平）

人生如茶

刘思佳

父亲喜欢喝茶，受他影响，我对茶也情有独钟。

茶，大片地簇拥在一起，经历着风霜雨雪的吹打，享受着阳光明月的爱抚，吸收着天地万物的精华，经过一道道的加工，最终成为人们喜爱的饮品。

淡绿色微卷的茶叶，躺在精致的茶杯中，沸水冲入杯中的瞬间，茶香袅袅，沁人心脾。茶叶在杯中翩翩起舞，原本紧缩着的小卷慢慢张开，像一个贪睡的娃娃，慵懒地睁开惺忪的双眼。在渐渐苏醒中，颜色越来越淡，茶香却越来越浓。它们舒坦地伸展着身体，时而轻轻吻着杯壁，时而潇洒地在水中徜徉。

待茶叶们累了，渐渐沉入杯底时，你便可以端起茶杯，在四溢的茶香里，慢慢呷一口，顿时一股温暖的清香传遍全身！

品茶，最先接触舌尖的是涩涩的苦。第一次喝茶时，我不禁闪过一丝错觉：定是我的味蕾退化了，否则闻起来如此清香的茶怎么到了嘴里会是苦涩的？正想着，味蕾的感觉却又起了微妙的变化，刚才的苦味渐渐变成了丝丝甘甜，每一处茶水流过的地方都浸润着一种无可言说的甜，淡淡的，净澄惬意……

先苦，后涩，再甜，细细品味，甘甜清香。平淡是它的本色，苦涩是它的历程，清甜是它的馈赠。蓦地，有一种感触：人生不也如茶吗？最初会有颠簸时的漂浮不定，受挫时的苦涩艰辛，当坚持不懈地努力过后，就会收获那回味无穷的甘甜……

（指导教师：隋艳玲）

人生如桥

任 鑫

夜阑人静，漫步在故乡的小桥边，心底传来一声低低的絮语：桥是什么？桥梁专家茅以升说：桥不过是一条放大的板凳。在这个多元的世界里，桥真的只是一条放大的板凳吗？思索中，潺潺的心灵之水送来了一个答案：人生如桥。

每个人的人生之路都不是一帆风顺的，每一步都经历着锻炼与考验，这正如路上的一座座桥梁，桥的这边可能是让人无奈的山穷水尽，跨越桥梁，迎接你的或许就是令人惊喜的柳暗花明。

随着呱呱坠地的一声啼哭，我们已经走上了那座无形的人生之桥。因为年幼，我们被呵护在母亲的臂弯里，我们感受不到桥上的风雨，只是尽情地享受沿途的美丽风光，放肆地欢笑，纵情地歌唱。伴着欢快的歌谣，我们在童年之桥上蹦啊跳啊，洒下一路温暖的回忆。

少年的叛逆，驱走了童年的些许稚气，一股花季的懵懂在心中翻腾。于是我们挣脱了父母的臂弯，怀着一腔令自己骄傲的勇敢，独自一人在人生之桥上打拼，"书生意气，挥斥方遒"。青春洋溢的脸庞永远不会显示怯懦，我们看到理想的彼岸在亲切地招手，执着地用尽力气向前冲，却发现成功总是可望而不可即。

人到中年，肩膀上多了沉甸甸的责任，外界的诱惑也会越来越多。此刻，跨越这座没有护栏的桥梁，只能靠自己。我想，每个人的心中，该有一个道德屏障作为自己的护栏，如果屏障不坚固，经不住诱惑的人轻则受到道德的训斥与惩罚，重则会使人生之桥轰然坍塌。

然而，人的一生不仅仅要在自己的桥上跨越，很多时候还要在他人搭建的桥上奔走。汶川大地震，牵动了全世界华人的心，每个有能力的人都伸出援助之手，为受灾同胞搭建起了一座座爱心桥梁，让受难的孩子们得以在桥

117

上茁壮成长。有谁能说，这爱心桥梁不是人生的一部分？

　　亲情、友情、爱心总是把人们紧紧地联系在一起。

　　人生如桥，前方永远是充满希望的彼岸！

（指导教师：隋艳玲）

118

生活告诉了我

李 蓉

有时我像一片无助的落叶，漫无目的地随风飘飞；有时我像一株缺了水的花朵，垂头丧气；有时我为了得到一点报酬，不惜耗尽我所有的精力去争取，但到头来，一切都是徒劳；有时我也像一头蛮不讲理的狮子，只知道这世界上只有自己十全十美。

爸爸妈妈一天到晚辛苦挣钱，供我们姐妹俩上学，但我却从来不体谅他们，有时反而用难听的话去刺伤他们的心。记得一次放学回家，我发现门还是锁着的，就知道妈妈肯定在外"流浪"着。果然不出所料，隔壁的张阿姨看见我回来了，就把妈妈寄存在她家的钥匙给送了过来。家门是进了，可是晚饭还没有着落，这可真是愁煞我也，我不由地怨老妈怪老爸了。正在这时，一串铃声传入我的耳朵，"喔！妈妈回来了。"我心里想："哼，一定要给她个下马威，看她下次还敢不敢让我饿肚子。"

想好就煞有介事地坐在沙发上，双手交叉在胸前。当时要是有镜子的话，我一定看看自己那时的"熊"样。妈妈进门看见这架势，对我又是赔笑脸又是说好话，可我根本不理她，也不看她一眼。妈妈见软的不行就来硬的了。嗬！这一招还真把我给唬住了。但我不甘心就这样就范，于是跟妈妈争论起来，不是嫌他们回来晚我们饿肚子，就是怪他们不关心我的学习。我根本就不听妈妈的解释，越吵越上劲，最后妈妈忍无可忍打了我一巴掌。我一气之下，破门而出，全然不顾妈妈在背后已泣不成声了。

由于天黑，而我一向怕黑，所以不敢跑得太远，就沿着马路边慢慢地朝前走。这时，身边走来了一对母女，母亲抱着小女孩，时而传出一声声沉重的喘气声。只听见小女孩说："妈妈，把我放下吧！我自己能走。"小女孩的妈妈说："不行，天黑路不好走，万一摔倒了妈妈会心疼的。"小女孩又撒娇似的说："不嘛，我要自己走。"顿了一顿说："把你累坏了我也会心疼的。"妈妈终于被说服了，放下了她。望着她们渐渐远去的模糊的身影，我又羞又愧，真不知该怎么办。"还犹豫什么？得赶快回去向妈妈承认错误，赔礼道歉！"这一切都是那个陌生的小女孩教会我的。想想从前，我只考虑爸爸妈妈给了我些什么，他们怎样对我，我从来不想我怎么对他们，又给了他们些什么。真是"可怜天下父母心"啊，这话一点也不假。

生活告诉我：人，不能只想索取，而不想付出。

（指导教师：李少华）

心中的风景

骆 遥

用心去感受生活，你一定会发现，就算再平凡的生活，其中也会有许多动人的风景值得我们驻足观赏。

——题记

盼望着，盼望着，下课的铃声终于响了。对于一个住校生来说，这是一个让人兴奋的时刻。

坐在回家的客车上，拥挤的车厢让人喘不过气来。

我把目光投向窗外。远处，碧蓝的天空下连绵起伏的群山就像大海的波浪一样涌动着。山脚下是一片玉米地，玉米苗已经从土里钻出来，在微风中挺直了身躯，一颗颗玉米苗连缀成一块绿色的地毯。多美的风景啊！我爱家乡这动人的风景！

啊，前面路旁就是我们村的稻田了，映入眼帘的是一片由许多不规则的图形拼成的水田地。咦！那块水田里的两个身影怎么那么熟悉？我揉揉眼睛，仔细望去，是爸爸妈妈！他们正在插秧，插得起劲，一直弯着腰，好像不知疲倦似的。我想，他们一定在想着我和弟弟，他们一定期盼着我和弟弟拿到大学录取通知书的那一天！他们插下的是一棵棵绿色的秧苗，更是对我和弟弟的无限希望。

看着看着，我的眼睛湿润了。我的眼中已经不是那一片片稻田，而是一幅美丽的风景，而我的父母成了这幅风景的主角，他们正在辛勤地播种着未来。

看着看着，我的心中多了一份执着，多了一份坚定。我知道，那是从父母描绘的风景画中获得的前进的力量。

　　我要感谢生活，即使是平凡的生活，也有许多动人的风景。我要感谢父母，是他们在我的心中描画出了一道永恒的风景。

（指导教师：李一）

真没想到

陈　树

　　春天的早晨，阳光明媚，小鸟们在枝头唱着歌。这时，一对可爱的小燕子从南方飞回来了，它们在四处寻找可落户的地方。

　　真没想到，它们竟决定在我家的房檐下做窝了。它们天天找草衔泥，忙忙碌碌，不几天，窝就搭好了。

　　寒冷的冬天来到了。它们飞到南方过冬去了……

　　那外表看起来很漂亮的燕子窝，常常引发我的好奇心：这个窝里面会是什么样子呢？一天，终于经不住诱惑，我找来了一个梯子，请爸爸帮助摆在房檐下。

　　我爬上去，站在上面，向里张望。突然，从燕子窝里伸出一个毛茸茸的小脑袋，唧唧地叫着，把我吓了一大跳，差点从梯子上摔下来。仔细一看，竟是一只刚出壳的小麻雀。真没想到，麻雀占了燕子窝！

　　一定是麻雀看燕子窝里很舒服，又没有主人，就强占了人家的住处。想到这儿，我不禁担心起来，明年燕子回来，到哪儿住呢？会不会发生一场"燕雀大战"呢？

　　春天来了，春风吹绿了树，吹红了花，吹醒了生命。那对可爱的小燕子也回来了。它们来到自己的窝边，不停地飞来飞去，显然已经发现自己的家被别人占了，飞了几圈后，它们双双落到不远处的小树上，相互唧唧地叫着，像是在商量办法。我望着那对燕子，心想："燕雀大战"马上就要开始了！

　　忽然，两只燕子一齐飞向蓝天。我想：大概是找它们的伙伴来帮忙！可是它们飞回来时的举动，马上否定了我的想法，因为，飞回来的燕子只有两只，而且它们的嘴里还衔着草和泥。它们要和麻雀做邻居了！

这个结局我真没想到，但我由此想到了许多。这两只燕子能和"侵占者"为邻居，是因为它们把原来属于自己的鸟巢不仅仅看作是自己的家，而看作是鸟类共同的家。人们如果像这对燕子一样多一分宽容，多一分谅解，生活该是多么美好呀！

（指导教师：王国）

第九部分

大爱无疆

原来，世界上本没有什么田螺姑娘，有的是时时刻刻注视着自己的妈妈。世界上也没有什么好运气，有的是妈妈浓浓的爱，这份爱如丝如蔓，伸延在我生命的每一个瞬间。

——尚靖武《听话的电梯》

照片里的故事

刘倩颖

我有一张珍贵的照片，是我第一次演出时拍的。每次看到这张照片我都会盯着那双红舞鞋，它鲜艳夺目，勾起我温暖的回忆。

小时候的我很害羞，特别胆小，可我家对门的欣悦姐却能说爱唱。这天，欣悦姐又化着漂亮的妆去参加比赛，我盯着她的红舞鞋又羡慕又嫉妒。

与欣悦姐相比，我总是那么不起眼。终于，我忍不住悄悄地问奶奶："奶奶，为什么我没有欣悦好？"奶奶听了一愣，说："谁说的？我的孙女比谁都好！"停了停，奶奶又说："要不，你也去学跳舞？"就这样，在奶奶的鼓励下，我进了舞蹈班，穿上了舞鞋。可我央求奶奶为我保密，因为我想给爸爸妈妈一个惊喜。

在奶奶的"掩护"下，保密工作看起来很顺利，爸爸妈妈一点都没发觉，我想他们根本就是不太注意我吧。天天念叨着欣悦姐，什么今天又拿了一个奖啦，她怎么肯吃苦啦……

我并不理会他们的谈话，因为明天我就要参加我的第一次演出了。奶奶与我目光汇合，好像在说："我的小孙女才是最棒的！"

就这样，第二天，我独自一人来到了剧院。我盼望这场比赛很久了，心里有着说不出的激动，和小朋友一起排着队等化妆。突然，我发现我的红舞鞋没带！回去拿已经来不及了，老师只好一边给我化妆一边叫人往我的鞋子上贴红纸。我脸上的妆画上又被泪水打湿，心里是说不出的难过。

这时，一个身影从远处跑来，急促的喘气声越来越近。啊，是妈妈。她手里拿着我的红舞鞋！她满头大汗，连声向老师道歉。鞋子很快就换好了，妈妈站起来，在我的额前亲了一下："宝贝，加油！"我的心里涌起了一股暖流。"妈妈，你怎么知道的？"妈妈笑出了声："小傻瓜！你看——"顺着她的手指，我看到了爸爸和奶奶，还有欣悦姐一家，一下子我全明白了，我真的是个小傻瓜！

　　演出开始了，我像一个骄傲的小公主，不，像一只快乐的小鸟，幸福地舞蹈。红色的舞鞋踏出轻盈的脚步，自信的笑容绽放出最美的花朵。比赛结束，我们获得了一等奖，老师与我们合了影。奶奶笑着抚摩着我的头："我就说了不是？你一定行，以后可得记牢了，要大胆，要相信自己！"我点着头，我记住的不仅是这次比赛的成功，还有大家的关爱和鼓励。

（指导教师：郑慧）

爱的承诺

姚文涛

当同学们三五成群地走出餐厅时，餐厅里立刻安静下来，同学们没吃完的剩饭又把水池边的大桶填满了。这时，总会从门外走进一位个子矮矮、皮肤略黑、相貌平平的中年妇女。她将大桶里的剩饭菜倒进自带的桶里。她不是别人，她就是我的母亲。

当这样的场景出现时，也是我最难为情的时候。我害怕走近她，害怕她叫我的名字，更害怕同学们认出她就是我的母亲。

但，一件事改变了我。

那天，我拿着收费通知单慢吞吞地往家走去，收费单上的200元钱似有千斤重，压得我心烦意乱。到了家，双手颤抖着把收费单交给母亲，偷偷看着她的表情。没想到，母亲看了一眼收费单，眉头都没皱一下，说："没关系，咱家那头猪卖了，给你交上正好。你们学校里的剩饭真是好饲料呢！"

我那一直七上八下的心顿时平静了。此时，我才明白，母亲的行为没什么见不得人的，她靠辛勤的劳动挣钱，没有错。

从此，她的身边多了一位瘦瘦的小伙子，不用说，那就是我。我和母亲将大桶里的饭菜倒进自家的桶里。在忙碌的同时，我似乎看到我家的猪仔正在大口大口地吞吃这些美味。我还帮母亲捡出饭菜里的塑料袋等杂物，这时，母亲总是说："涛儿，你别干了，我自己来。"

日复一日，月复一月。每次送母亲推车走出校门，看到母亲疲惫的脸上绽开的笑容时，我也特别开心，因为我看得懂，母亲是为懂事的儿子高兴。

一次，同学悄悄问我："为什么这样做？"我平静地说："她是我的母亲。"

同学还有些不理解，脸上露出惊异的表情。他不知道，我早已在心里许下了承诺：

母亲啊，我对您的爱永远不变！

(指导教师：刘玉荣)

听话的电梯

尚靖武

　　家住七楼，上下楼都要坐电梯。电梯很方便，但有时你有急事，它却像老牛一样不慌不忙、慢条斯理地逐层挪动，真让人着急。我喜欢电梯，可我实在不愿意等电梯。

　　每天放学后，我都急切地想快些到家，可口的美食，舒适的沙发，还有那诱人的足球新闻，都向我发出召唤。我恨不得脚下生风，箭一样射回家中。可往往等我打开单元门，跑到电梯前，总看到电梯停在别层。我只有无奈地按下按钮，等着它一层一层往下晃。我无聊地将双臂抱在胸前，眼睛一眨不眨地盯着指示灯，心里默数着"5、4、3、2、1，开。"指示灯的变换总慢于我的计数，我不耐烦地拍打着那个恼人的按钮，或低头找个诸如小石头、纸屑的东西作射门状……我急切的心被如此考验一番，电梯才会慢慢张开它的怀抱。乘这样的电梯进了家门，我夸张地举起双手作暴怒状："我讨厌死了等电梯！"

129

　　近来，我突然发现，电梯"听话"了。每天下学回家进入楼道，电梯都像专门迎接我一样候在一层。我只需用手指轻轻一点，电梯门就会洞开，这让我开心不已。时间久了，我感觉有些奇怪，莫非我遇上了善良美丽的田螺姑娘？妈妈笑着对我说："我儿学习辛苦，连电梯都照顾你，说明你运气好，有福气。"这样的解释让我好不得意，也释然了很多。

　　那天，放学回家，咕咕叫的肚子催促我往家赶，猛然想起妈妈今天有事不在家，那谁为我准备晚餐呢？大步流星赶回家门口，却发现有什么不对劲。对，是电梯，电梯破天荒没在一层"等"我，居然停在了十二层，看来，今天我运气不好。

　　慢慢地，我发现了规律：妈妈在家时，电梯总能按时迎候我的归来；妈妈不在时，它就不听话地候在别层。

从姥姥那里，我找到了谜底：原来妈妈摸准了我回家的大概时间，总在窗口张望，看到我的身影后，就去电梯间按下一层的电钮。等我进门时，电梯正好运行到一层"迎接"我。

原来，世界上本没有什么田螺姑娘，有的是时时刻刻注视着自己的妈妈。世界上也没有什么好运气，有的是妈妈浓浓的爱，这份爱如丝如蔓，伸延在我生命的每一个瞬间。

（指导教师：董浩）

爸爸的唠叨

王 欢

"作业做好了吗？""怎么又看电视？快去睡觉！"瞧！这就是我的爸爸——一位唠叨爱好者。爸爸今年才四十多岁，可我却觉得爸爸老了很多，一件非常简单的小事就能唠叨半天。

记得小学时，一次我们去春游，早上，我早早地爬起来，谁知爸爸比我更早，一碗热腾腾的饭摆在了我的面前。吃着饭，爸爸在一边为我收拾东西。"哎呀！怎么面包只带一个呀？这怎么行？""中午我吃一个就够了。""不行不行！"接着就不由分说地往背包里塞了一个。"风油精带不带？你晕车，带着好点……水就一杯？这怎么行？算了，你在路上买汽水喝吧！哎！你钱够不够？""哎呀，爸，我够了。"这时我已经吃好饭，准备出发了。爸爸一边帮我背背包，一边又唠叨开了："到外面不要乱吃东西，街上人多眼杂，东西不要乱放，不要……""王欢，快点！"窗外飘进一阵响亮的喊声，不用说，那是我的同学薛梅。我挨近窗口："唉——马上下来！""爸，你快点，我要走了！""在路上小心！""知道了。"我跑了出去，薛梅颇不高兴地问我："怎么那么久才下来？""哎呀！我爸爸的话特别多，烦死人了。"我们一边跑一边说着。薛梅不经意地回头一看，"快看！你爸在楼上看你呢！"我回头一看，真的，好像爸爸还有很多话没说完似的，真拿他没办法。

还记得那一次，我有一道不懂的题，去问爸爸，爸爸认真地给我讲着，可是唠叨了半个小时还没进入主题，我烦了，对爸爸说："够了！有完没完，唠叨了这么久，还没唠叨到正题呢！"爸爸看我急成这样，说："多讲点，让你理解深一点嘛！有什么不好？"我不耐烦地说："走！走！我不让你讲了。"这一下，爸爸发怒了，打了我一巴掌。

我脸上火辣辣的，心里可真恨他。从那以后，爸爸的唠叨少了许多，

131

第九部分 大爱无疆

总是默默地干活，或是默默地看着我，有时话到嘴边又咽了回去。我分明看见，爸爸的眼神里带有一丝淡淡的忧愁。也是从那以后，我总觉得家里似乎少了点什么，是唠叨话？是一份温馨？是一份爱？到底是什么呢？

　　每次，我在外面受了委屈时，总希望爸爸来问问。人真怪，平时不知道珍惜的东西，直到失去的时候才感到它的珍贵。可爸爸总是看着我默默无语，只有那忧伤的目光中充满了慈爱。我知道，是我，不懂事的女儿刺伤了爸爸的爱女之心。爸爸，你能原谅我吗？我想再听听你的唠叨。

　　一次，我因骑车不小心被车子撞了，手流了很多血，回到家我闷闷不乐，爸爸看见了，急忙问长问短。我说："被车撞了。"爸爸焦急不安，连忙为我擦药，并对我说："怎么那么不小心？要注意呀！还好，是小伤，如果是大伤那可就不得了呢！"爸爸的唠叨给了我莫大的安慰。

　　我深深地感到爸爸唠叨的温暖，它像阵阵春风拂面不寒，像涓涓细流沁入我的心田。

　　从此，我竟把爸爸的唠叨当作了自己最可宝贵的一笔人生财富。

（指导教师：赵英）

爸爸是个男子汉

刘 同

爸爸的单位倒闭了，为了生活，爸爸和二叔办起了明富鞋业公司。爸爸把所有的存款都拿出来买地，砌房子、搞装修、绘图纸，有时竟一连好几天都不回家。功夫不负有心人，爸爸终于把公司办起来了，而且效益还不错。

天有不测风云。一个星期六的晚上，我们全家正在吃晚饭。忽然，公司的张爷爷上气不接下气地跑到我们家，大喊："着火了！着火了！公司里着火了！"我们一家都惊呆了。爸爸一怔，扔下舀汤的勺子，吼了一声"天塌下来了！"冲出大门向厂里跑去。大火熊熊地燃烧着，张爷爷、顾大伯用灭火器救火，邻居们也从四面八方赶过来。大家纷纷端水救火，但是无济于事，火越烧越大。

要知道，早上刚进了一批货。这一烧，新旧家当都付之一炬了。爸爸急得直往火里闯，他要与火拼命了。妈妈一边拉着爸爸，一边哭着喊我："快来拦住你爸爸啊！"我放下水盆死死抱住爸爸的腿："爸爸！你不要命了，我们怎么活？"

第二天，我发现爸爸眼圈黑了，人也瘦了。但也奇怪，爸爸依然像往日一样准时到公司去，仿佛什么也没有发生。我忍不住问他："爸，公司是不是不行了……"爸爸打断了我的话："过去的已经过去，还谈什么呢？事在人为，还可以再来。"

爸爸是这样说的也是这样的做的。他重新贷款，重建工厂，又没日没夜地干上了。我整月看不见他，因为他晚上回来很迟，早晨在我起床之前他就到公司里去上班。苍天有眼，天道酬勤。爸爸终于又把公司建起来了，效益慢慢地比当年还要好。摸着"明富鞋业公司"的厂牌，爸爸由衷地笑了，大家也都为他高兴。今天，公司一片大好风景，仅一座大门楼子的造价就有几十万，天南地北的客户无不啧啧称赞。

爸爸，您说的对，事在人为，人要笑对挫折，决不向困难低头。爸爸，您是真正的男子汉，我爱您敬您！

（指导教师：侯阳）

大爱无疆

叶　薇

一场撼动了世界的大地震!

它的身后满是悲伤的泪水。它可怕得就像抢夺生命的魔鬼。

5月12日的阳光，一如既往……

工作、学习、生活，平凡而安详。脚下的大地，本本分分的，似乎不会带来麻烦。

但是

看! ——

一发作起来就发狂了，着魔了，没完了!无数的房屋，顷刻间压在人们身上。爆破一样，是瞬间的坍塌;乌云一样，是遮天的阴霾;飓风一样，是瞬间的破坏。神州大地上降临了一场多么强烈、多么严重的灾害啊——汶川大地震!

这地震，使平静的生活立即被打乱了，使美好温馨的家园立即毁灭了，使无辜的生命立即被掩埋了。

多可怕的一次大地震!令人心惊的余震使大家精神紧绷，只听见轰轰，轰轰，轰轰。

轰轰轰轰滚滚而下的泥石流，轰轰轰轰不断上涨的堰塞湖，轰轰轰轰的灾情一波又一波……

好可怕的一次大地震!

使人想起：多年前的唐山大地震。

使人想起：灾难无情人有情。

使人想起：灾情就是命令，时间就是生命。

容不得等待，容不得徘徊。救人，是最高的、最重要的、最艰巨的任务。

战士们不停地抢救着，竭尽全力地抢救着，挥汗如雨地抢救着。他们的身影震撼着你，烧灼着你，改变着你。遇难同胞使你从来没有如此深刻地感受到生命的可贵！战地英雄使你惊异于渺小的人类在这样的大灾面前，居然可以释放出那么奇伟磅礴的能量！

神州大地啊，你孕育了这些坚强不息、甘于奉献的人，也只有你，才能经受得住如此严峻的考验。

好一个中华民族！好一群中华儿女！一队队的志愿者来了，一批批的救援物资来了，一笔笔的善款来了……

每一笔善款都充满了关怀，每一笔善款都承载着希望，每一笔善款都是爱意。每一笔善款都是一股强大的爱的暖流，使人不禁泪流满面。

愈捐愈多！关切的目光成了受难者活下去的力量。

愈捐愈多！这力量之中带着人们的期盼。

愈捐愈多！亲情和友情，无私和奉献，感动和感激，都在这每分每秒中涌动！交融！凝聚！升华！人们的精神，成了一座屹立不倒的大山；爱，汇成了茫茫海洋……

眼前是人们抹去眼泪重建家园的身影……

她，总和我唱反调

苏 萌

在生活中，有个人总和我过不去。我说东，她说西，我说南，她偏说北，喜欢和我唱反调。她呀，就是我的妈妈。

那天早上，我在睡梦中睁开眼睛，就看到床头摆着厚厚的毛衣。"妈，现在才初秋，怎么就让我穿毛衣？同学还有穿裙子的呢。我不穿。""不穿不行，天气预报说今天来寒流。""来寒流怕什么，要是现在穿上，人家会笑话我娇气的。""不怕笑话，就怕生病，穿！"我只好乖乖地穿上。

到了学校，我都不敢动，怕出汗呀。可是一节课后，一阵狂风起来了，接着便下起了小雨。课间看着那个穿裙子的同学在寒风中谈笑自若，大谈她如何战胜了逼她穿毛衣的妈妈，我佩服得五体投地。可是到了下午，她妈妈来学校向班主任请假，还一个劲地自责太放纵孩子了。看来唱赢了反调也不一定是个好事呀。

我的"起义"从来就没有成功过。今年清明节放假，同学约我去水库玩。我回到家，便和妈妈商量："妈，我们说好了去水库玩，明天她们来叫我，能去吗？""去水库？不行，这么远的路，你们几个女孩子，在路上出点事咋办？"妈妈断然拒绝。"好妈妈，你就让我去吧！"我央求道。"水库这么危险，掉进水里可就没命了，不能去！"妈妈寸步不让。我心想软的不行来硬的，就说："妈妈，我和同学们说好了，不能失信于人！"妈妈说："你不能去，她们也不能去，我给她们的家长打电话！"委屈的泪水一下从我眼里涌出来——不但自己去不成，还害了同伴，多丢面子呀！唉，这个妈妈！

像这样的事情还有很多，每次都是妈妈"得逞"。妈妈怎么总是和我唱反调？这个问题一直困扰着我。前两天，我突然听到一个骇人听闻的消息，一个高一的女生到水库去玩，滑到水里，差点溺水。我终于明白妈妈为什么和我唱反调了。或许正因为有了妈妈的"反调"，我才能这样顺利地长大吧！

（指导教师：王其凯）

妈妈，我长大了

唐紫明

"是你先打我的！""是你，是你先抢了我的玩具！""明明就是你……"

"我说你们两个长不大的小家伙啊，什么时候才能让我省省心啊？"

不用诧异，这是我家几乎每天都要上演的剧目：唐二——小我六岁的妹妹——总是因为一些鸡毛蒜皮的小事跟我争得不可开交，而妈妈则不得不在"战争"即将升级的时候，从脚不沾地的忙碌中抽身出来解决我们的矛盾，然后照例叹息一声："你们什么时候才能长大，什么时候才能懂事一点，让我不用为你们担心啊！"

但这重复了一万遍的话没有起到任何作用，我和唐二又为"遥控器归属权"闹了起来。

正在房间看书，听到妈妈在外面叫我出去吃东西。桌上放的是一盘洗得干干净净的小番茄，煞是诱人，这可是我们两个共同的最爱。

趁着唐二被动画片吸引，我抱着这一堆小番茄坐在沙发上毫不客气地吃起来。她看到我怀里的东西，马上张牙舞爪地朝我扑过来。

我立马站起来，左闪右闪地躲过了她的攻击，但也有几个不听话的小番茄滚落到地板上。

我得意地看着她失望的脸，又摇摇晃晃地坐回到沙发上继续吃。

过了一会儿，突然发觉周围好安静啊，她怎么没声音了呢？

原来，她正蹲在地上，盯着那几个掉在地上的小番茄，缓缓伸出手，把它们都捡起来攥在手里。

我突然觉得很愧疚，罪恶感席卷而来。我真是一个不称职的姐姐。

她的背影似乎更单薄了，但她仍转过身来，看着我，冲我灿烂一笑……

这一刻，我终于明白：我已经长大了，不再是跟唐二一样的小孩子。

这一刻，我在心里说：妈妈，我知道该怎么做了，你不用再为我们姐妹担心。

（指导教师：梅龙华）

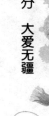

第九部分　大爱无疆

母爱似水

张亦弛

早晨，睁开惺忪的睡眼，就听见厨房传来乒乒乓乓的声音。本想再睡一会儿，可这噪音使我难以入睡。躺在床上辗转反侧，终于怒气迸发，仰天长啸："不要吵了！"声音戛然而止，熟悉的脚步声响起。侧耳倾听，是妈妈。房门吱呀一声开了，妈妈带着微笑关切地问："吵醒你了？"我皱紧眉头表示肯定。"那我轻点儿。"门轻轻地关上了，留下傻愣愣的我。猛然想起，该上学了！我冲出房间，顿时一阵浓郁的香味扑鼻而来，时光似乎驻留在那一刻。妈妈……一股深深的内疚，让我的鼻子一酸。妈妈还在忙碌着，那张憔悴的脸在我眼前定格。

中午，带着疲倦回到家，只感觉头痛，一点精神也没有。放下书包，来到餐厅，看见妈妈准备的满桌佳肴，满心的疲累一下子跑光了。饭桌上，妈妈关切地问："最近上课怎么样？考试难吗？英语听力适应吗？……"我一一作答，只感到此刻是多么幸福。

晚上，又看见妈妈在阳台上忙着什么。我蹑手蹑脚地躲在门背后偷看：妈妈竟然在给我穿鞋带！灵巧的双手穿过来又穿过去，一会儿工夫鞋带就穿齐了。然后，妈妈拿出一双漂亮的新鞋垫，细心地铺进鞋内，可能是担心不舒适，妈妈还把自己的脚伸进去试试。那双偌大的运动鞋，衬得妈妈的双脚更瘦小了……

母爱似水，缓缓地流进我的心田……

（指导教师：许继红）

母亲的手父亲的胸怀

刘钟秀

人人都知道，家孕育着爱。而爱的源头，在我看来，就是母亲柔软的手与父亲宽阔的胸怀了。

（一）

我从小就喜欢母亲的手，它虽然变得越来越粗糙，但我始终还是觉得它细腻柔软。母亲的手上没有夺目的手链与戒指，也谈不上什么纤纤玉指，但我仍然觉得她是美的。一定是我被这双手的爱所包围着，她变得美妙了。

母亲，您的手是灵巧的。您不要惊奇，的确是的。每天早上，您在给我送牛奶时，总能将爱偷偷放进去，再佯装不知地送过来，我喝到的不仅是牛奶，还有纯而浓的爱。

走路时，您的大手包着我的小手，包得很紧，好像包的是一个稀世珍宝，怕弄丢了似的。使我经常产生一种依靠感和幸福感。这牵在一起的手是我们爱的通道啊，把爱在我们之间传递。您就是这样，拉着我去看朝阳与晚霞，拉着我走上人生辉煌的道路！

（二）

父亲，您应该听说过，大器量的君子的怀抱可以容纳一艘大船，而在我看来，爱的胸怀能容纳世界。

遇到挫折的时候，四周是灰暗的天空与毫无生机的土地。这时，您会给我一个拥抱，宽阔的怀抱让灰暗消失，万里晴空。

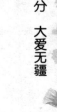

　　作为孩子，有时会为一些小事发脾气，撒娇，有时会给您带来伤害。您却把伤口埋在心底，继续用宽广的胸怀来容纳我。我看到一片被撕裂的土地，顽强地长出爱，我的泪洒下去，去滋润这片土地，这片孕育着爱的土地……

　　我还不知道是什么让我在您的胸怀里看到这么多宽容，是爱吗？

　　人人都知道，父亲没有母亲的似水柔情，他的爱不轻易流露。但，父亲，您疏忽了，您的怀抱太宽阔了，让爱不经意地流了出来，流入了我的心田。

　　我不知道，上帝是怎样创造爱这个美妙的东西，但我清楚地知道，爱的港湾是家，爱的源头是母亲的手与父亲宽阔的怀抱。

　　我也知道，我该怎样去报答……

　　　　　　　　　　　　　　　　　　（指导老师：李想）

倾心一爱

赵文浩

琳总说我的身上有一种淡淡的香味，我却一直不明白是什么味道，是洗衣粉的香味吗？还是……

放学回家，推开那扇铁锈门，便看到了奶奶熟悉的身影。夕阳照在奶奶身上，映红了那两鬓的白发。伴随着悦耳的流水声，奶奶的手在肥皂水中搓揉着。盆里的水不时地溢出来，有些肥皂泡就满怀欣喜地飞上天空；有的呆呆地撞在盆沿上；有的则笑着飘向大地……深呼吸，闻到满院的暗香弥散，这时，想起了琳说的话。是洗衣粉的香味，还是奶奶身上的味道呢？或者，是两个都有？

我轻轻地走了过去。看着奶奶的手在肥皂水中不断地揉搓着，仿佛在向衣服中注入什么东西。我恍然大悟，原来那淡淡的香味就是奶奶的爱！在揉搓的过程中，奶奶将她对我的爱也注入了衣服中，在衣服中留下了那特殊的香味……

143

奶奶注意到了身后的我，便回过头来对我说："你的那件白睡衣我已经洗好晒干了，你快回屋里把睡衣换上……"

我跑回了屋里，拿起沙发上的白睡衣。在夕阳的照射下，睡衣摇摆着，像在微笑像在招手像要将那暗香飘散……我闻到了，那一股淡淡的清香……

从此，我便倾心于这种淡淡的香味，并无可救药地爱上了它……

第二天，我悄悄对琳说："你身上也有一种淡淡的香味。"

琳疑惑："是洗衣粉的香味，还是妈妈的味道呢……"

（指导教师：户香）

第九部分 大爱无疆

第十部分

总想为你唱首歌

时光逆转，梦回三国。高高的大堂上面色凶恶的魁梧男子，冰冷的目光直逼胸膛，殿下群臣，面色铁青唯唯诺诺，偌大的殿堂，鸦雀无声。堂前，一翩翩少年，身着白袍双手紧握佩剑，面色惨淡，眉宇间尽是痛楚与无奈……

——赵田《总想为你唱首歌》

总想为你唱首歌

赵　田

夜响了一下，灯就亮了；风吹了一下，天就明了；弦颤了一下，歌就起了；你走了七步，诗便如雨泻下……

总想为你唱首歌，抚下你鬓角的冷汗；总想为你唱首歌，熨平你皱起的眉头；总想为你唱首歌，安定你痛楚无奈的脚步。

时光逆转，梦回三国。高高的大堂上面色凶恶的魁梧男子，冰冷的目光直逼胸膛，殿下群臣，面色铁青唯唯诺诺，偌大的殿堂，鸦雀无声。堂前，一翩翩少年，身着白袍双手紧握佩剑，面色惨淡，眉宇间尽是痛楚与无奈……

"煮豆燃豆萁"，生命的第一步，他诧异于兄长的恨，惊愕于兄长的狠。第二步，他苍白的唇被齿咬出了血，三步，四步……原本暗淡的眼眸被晶莹的泪光衬得格外明亮，殿堂上的，是他忠的君，敬的兄，而如今却成了逼他走向生命最后七步的刽子手，他犹豫着，他本无心于政事，只想平静地度过人生，只想顺由世事，如今，生命只握在自己手中……

终于最后一步"本是同根生，相煎何太急"。历史的七步，生命的七步。他用七步的时间，决定去宽恕一个人；他用去七步的时间，在生与死之间抉择，仅仅七步，打碎了他的梦，梦里他与兄长一起迎风奔跑，谈古论今；梦里他与兄长一起湖边赏月，吟诗作对……

七步之后，割断了生死，割断了兄弟间本如血般鲜红真挚的情，他不恨兄长，不恨父亲，只恨自己生在了一个如此的乱世。

总想为你唱首歌，抚慰你心中的凄凉，不是做不出，只怕吟出后万事皆空，心里更容不下一丝温情；总想为你唱首歌，和你一起经历那段无奈，不是怕失去，只因为曾经虚假的拥有。曾经的手足深情，在"权势"面前真的就一文不值吗？是他曾经有一颗温暖柔软的心，还是从不曾拥有。

　　七步之后，悬留在兄弟之间的，只剩隔膜。

（指导教师：马丽）

在张学良将军塑像前

栗冰晶

一个周末,我和班上几个要好的同学,来到沅水江边的凤凰山游玩。这里很有名的,1938年10月至1939年12月,著名爱国将领张学良将军曾被囚禁于此。站在张学良将军的雕像前,我不由得想起冰心老人的一句话:一个人只要热爱祖国,有爱国之心,就什么事情都能解决,什么苦衷、什么冤屈都受得了。

1936年12月12日张学良和杨虎城将军发动了震惊中外的"西安事变",逼蒋介石抗日。蒋恼羞成怒,将张学良将军软禁。张学良却不曾后悔:"祖国疆土,当以死守,不可尺寸与人。"看着张学良将军那高大威武的雕像,听着他舍己为国的故事,我想起了很多很多……

天下兴亡,匹夫有责。古往今来有多少志士为了国家和民族的利益而抛头颅,洒热血,为了国家的繁荣昌盛而鞠躬尽瘁。古有苏武"报国之心,死而后已",文天祥"臣心一片磁心石,不指南方不肯休"。近有周恩来"为中华之崛起而读书",鲁迅"寄意寒星荃不察,我以我血荐轩辕"。新时期,党中央提出的"八荣八耻"中第一条就是"以热爱祖国为荣"。这些都足以证明,热爱祖国是人类最基本的道德之一。一个真正热爱自己的祖国的人,是愿意为祖国献出一切的。

为了祖国不计得失的例子还很多。著名数学家华罗庚就是一个典型。1946年,华罗庚在美国讲学,当时美国政府许给他优越的工作条件和生活待遇,希望他留下来。然而,华罗庚却说:"树高不忘土中根。"意思是一个人取得再高的荣誉,也不能忘了生养自己的父母和栽培自己的祖国。

爱国的方式有很多。董存瑞炸碉堡是爱国,黄继光堵枪口是爱国……今天,祖国不需要我们走上战场去流血牺牲,但我们应该有自己的爱国行为。

努力学习、保护环境、积极进取……这些都是爱国的体现。

　　"晶晶，该走了！"同学们的召唤打断了我的沉思。望着张学良将军的塑像，我心里默念道：英雄啊，请放心吧，爱国主义精神将传承下去，直到永远。

（指导老师：瞿宏红）

149

曹操，真英雄也

易 奇

曹操乃人中之龙，乱世之英雄也。

论眼光，曹操真英雄也。

早在曹操刚刚崛起的时候，他就曾与刘备一同煮酒论英雄。曹操问：谁乃当世之英雄也？备答：袁术、孙坚等人。曹操哈哈大笑：天下英雄，唯使君与吾二人。备闻此言匙惊落于地而曹操神情自若。后来果不其然，形成了三足鼎立的局面。故曰：论眼光，曹操真英雄也！

论胸怀，曹操真英雄也。

曹操的用人之道是：唯才是用，不计前嫌。曹操对手下的大将张辽就是如此。早年张辽为吕布的部将时，在濮阳城中放了一把大火，烧得曹操好不狼狈。后来破了吕布，曹操不计前嫌将其招安，为己所用，后来辽也在赤壁之战中立了战功。故曰：论胸怀，曹操真英雄也！

论谋略，曹操真英雄也。

曹操比之袁绍，名微而兵寡。在官渡之战中，曹操以几万兵力力挫袁绍几十万兵力，非为天时，亦人谋也。他深知袁绍优柔寡断，出奇兵袭袁绍的囤粮重地乌巢，并于仓亭一举击败袁本初，此为何，难道不是因为曹操出众的智谋吗？故曰：论谋略，曹操真英雄也！

论忠心，曹操真英雄也。

世人皆骂曹操奸臣，谋逆篡位。可曹操并没有篡位，最多也只是官至魏王，只是在死后他的儿子曹丕篡位封他为先王，可曹操到死也没有称帝。反而时被称为忠臣的刘备、孙权先来称帝。试问谁忠谁奸？其实不言自明。故曰：论忠心，曹操真英雄也！

论胆、论智、论忠，曹操皆可论为英雄也。

（指导老师：王瑞平）

角落里的尘埃

孙鹏飞

他，静静地坐在教室最后一排那个不起眼的角落里。个子不高的他没有同桌，只有角落里的扫帚和最后面窗台上的灰尘终日与他为伴。不善言辞的他在校的大多时间都静静地坐在那个角落里，目光呆滞地盯着从未被人打扫过的窗台……

一天下午，数学课上。

冬日的一缕阳光懒洋洋地透过教室后面的窗户，射到角落里，也射到了他的身上。数学老师拿起粉笔在黑板上疾速地写了道"五星级"的难题让大家做。他没有放弃思考，习惯性地将头靠在臂弯里，任凭手里的笔机械地画着各种几何图形。时间一分一秒地从一个个紧锁的眉头和转动的笔尖上跳过去。教室里静极了。

奇迹终于出现了！不知何方神灵暗中相助，他竟然找到了解题的捷径。他环顾四周，本班素有"数学王子"之称的欧阳嘉伟眉头依然紧皱，笔尖依然转动。他不敢相信这个事实。但接连数次的检查一次又一次地告诉给他：你真棒！他抬起头，渴望老师用惊喜的眼神将他从角落里发现。但老师的眼睛却不曾有一丝的懈怠，总是直直地盯着那几位佼佼者。长时间的沉寂过后，老师似乎对她的"得意门生"们有点儿不耐烦了，恋恋不舍地把目光从他们身上挪开。实在不敢举起很少举起的手，他用焦急的目光期待着老师的提问。但他所在的那个角落又是那么遥远，那么偏僻……

他，再次放开了紧攥的拳头，悻悻地低下头，再次仔细地比较了一下自己的答案。他发现自己的答案远比黑板上的方法简单得多。他又有点如坐针毡了，企盼的眼神再次盯住了老师，他在期待着机会的来临。这次他非常幸运，因为老师正微笑地望着那在窗台上不停浮动的灰尘。老师的眼睛往他身上一瞥，一怔。

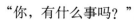

"你，有什么事吗？"

"……就……就是……那道题……"

"噢，那道题没听懂啊，没关系，请坐吧！"

他茫然地坐在了那里，像角落里一粒永远不会引人注目的尘埃……

（指导教师：王树芳）

你的目光

张隽涵

不经意间，历史的烟云触动了那双眼睛。浅浅的回眸，让我读懂了你才思过人又寂寞坚毅的目光。

"眼波才动被人猜"——斜倚海棠，那娇美的月光披上了一层绮梦。夜，依旧黑暗，只有你亮如星辰的目光与秋月对视。月影里缀满了你的心思："争渡，争渡，惊起一滩鸥鹭。"读你清早微嗅青梅的欢愉目光；读你嫣然出嫁时的羞涩目光，红喜帕映红了你的脸庞。当清纯、欢愉与羞涩都融进了海棠的暗香，我读懂了你——李清照，那只属于你的柔情似水。

"凝眸处，从今又添，一段新愁"——独上兰舟，空守西楼，那期盼的目光被黄花卷走。落叶，依旧纷飞，相似的苦楚迷离了你的目光，刺痛了你的眼睛："物是人非事事休，欲语泪先流。"也曾读过你"人比黄花瘦"时的黯淡目光；也曾读过你南雁声中"此情无计可消除"寻寻觅觅的目光；心碎的却是读你梧桐细雨时"独自怎生得黑"的浓愁目光。当浓愁叠成残酒，我读懂了人间的至情——李清照，那只属于你的柔肠寸断。

"看取晚来风势，故应难看梅花。"白雪皑皑，你不屈的目光如吐蕊的冬梅；国破家亡，你刚毅的目光如不倒的旌旗；遥望中原故土，你的信念如"九万里风鹏正举"。我读懂了生命的意义——李清照，那只属于你的万古流芳。

易安居士，你宛若秋波的目光触动了我的心弦，秋风卷走了你"绿肥红瘦"的身影，却让你的目光在历史的长河中绿了千年，红了千年，芬芳了千年。掬水月在手，拈花香满衣。懵懂的我因你而理解生的意义。

(指导教师：王海钧)

小草的故事

张凌云

他说，自己就是一棵小草，现在才真正体会到"春风吹又生"的含义。两年的高考失利，如骄阳寒冰，差点把他摧毁。众口称赞的品学兼优的好学生，第一年高考，踌躇满志，却出人意料地失败；第二年重来，满怀希望，最终又是绝望！他忘不了，多少个日日夜夜的寒窗苦读；他更忘不了，母亲为他日日夜夜的辛勤操劳啊！

在号啕大哭后，他决定，与其这样无望等待，不如到外面的世界闯一闯。他收拾好简单的行李，毫无目的地准备出发。一旁的母亲，一直默默地看着儿子做着这一切，似乎在做一个艰难的抉择。

直到晚上，母亲小声地开口了，她说："儿子，世上没有迈不过的坎，我相信你能再试一次。"

"可是……"

"我相信你一定能行，你也一定不想让我们失望吧？"

抬起沉重的头，映入眼帘的是母亲的双眸——晶莹的泪光闪动，闪动着的是坚强的力量、无限的鼓励和不灭的希望。这希望，点燃了他心中的那把火；这力量，促使他投入到了又一年的紧张复习中。

终于，功夫不负有心人，第三次的高考后，他被一所重点大学录取了。毕业后，他顺利被分配到一家大型集团公司工作。三年后，他创立了自己的公司。

他，就是我的叔叔。

当叔叔把这个故事讲给我听之后，我感慨万千。"春风吹又生"，母爱是春风啊，母爱是春雨，滋润儿女干涸的心。人生路上，母亲让我们多少次重生！一次又一次，狂风来了，暴雨来了，寒冰来了，不怕，不怕！只要有春风春雨，小草就要重新发芽，茁壮成长……

（指导教师：葛顺连）

154

第十一部分

露台上的演奏

　　身上绿色的迷彩服帮了我们大忙，我们几个像游击队员一样，从高高的禾丛中疾跃而过，溅得水花四射。阿三不光跳得高，歌也唱得好。只见它鼓着两只大眼睛，长舌头一伸一卷，扑通，它捉住一只飞蛾。看得我们几个小伙伴"呱呱"叫起来，一起为他喝彩。

——刘华《青蛙历险记》

一把荷叶伞

周雨文

今天是太阳公公的生日，太阳公公的好多朋友都赶去为他祝贺生日。雨姑娘也驾着乌云马，奔向太阳公公的家。

渐渐地，雨姑娘觉得有点热了，她一抹额头，手上沾满了汗水，她把手轻轻一抛，汗水洒向了大地。

这时，正在四处觅食的小鸡们看到下雨了，都赶紧往家里跑。有只名叫小不点的小鸡，体质特别弱，她不管怎样努力，都赶不上自己的哥哥姐姐们，一个人落在了后面。

随着离太阳越来越近，雨姑娘和她的乌云马都感到越来越热了，他们的汗水不住地往下淌。

雨越下越大了，小不点浑身都湿透了。一阵冷风吹来，她禁不住打了个寒战，浑身哆嗦着。嘴里不停地呻吟："冷啊，冷啊……"

小青蛙咕咚却最喜欢下雨了，他和伙伴们在池塘里嬉戏着，玩得特别开心，也感到非常惬意。当听到有人叫冷时，他赶紧跳上了岸，他发现了浑身湿透了的小不点。随后，咕咚赶紧转身跳回池塘里，折了一片荷叶，吃力地扛上了岸，他把荷叶插在小不点的身旁。对小不点说："你赶快躲到荷叶下面吧！"小不点连忙道谢，然后迅速地钻进了荷叶伞里。

乌云马终于跑不动了，雨姑娘也热得吃不消了。雨姑娘心想："我是不是生病了？带着虚弱的身子到人家做客可不礼貌啊！"于是雨姑娘和她的乌云马只好慢慢地往回走了，渐渐地它们感到凉爽了许多，汗水也不再往下流了。

雨停了，乌云不见了，彩虹姐姐拿出七彩画笔，为太阳公公画了一架七彩桥，天空被装扮得美丽极了，太阳公公露出了欢喜的笑脸。

在阳光的照射下，小不点身上的羽毛也渐渐地干了，它又恢复了原来的生机。于是她向小青蛙咕咚说了声："谢谢！"然后依依不舍地走上回家的路。

(指导教师：周俊根)

第十一部分 露台上的演奏

露台上的演奏

丁行健

　　夕阳快要完全融入西边的山林里了。几只棕色的蚂蚁在长满青苔的露台下焦急地等候着。还有几只在一片花丛中穿行着，为这场宏大的演出忙碌地布景。他们伸出一对足指指凤仙，又指指百合，仿佛已经陶醉了。草茎搭上凤仙，花朵连起来了，装上露水小铃，安好小河边的石水琴……

　　一队萤火虫在森林里穿行。这些道具师将要去准备他们的灯火。青石前，几只云雀，一条壁虎，还有那些淘气的小青蛙只盯着台上，等待这场演出。

　　风吹动刚刚扣好的草结，来得也是那么恰到好处。草结发出"啪啪"的响声，在风的推动下传到了很远的地方。萤火虫编成种种图案，看也看不清，就像是光与影的交错。忽然，这些光与影化成了一个满月的图案。天上的月，水中的月，还有银光织成的月，早已分不清了。一只红甲虫穿过这个图画，像仙子一样降临在水边的青石上。"沙沙，沙沙，沙沙……"身上的提琴奏出了高亢而灵动的音乐。水中的月亮动了，萤火虫织成的月亮也动了，天上的月亮仿佛也动了。欢乐的长音响起时，月亮是满的。短而悠长的余声表示悲伤时，月亮又缺了，颜色淡了。有圆有缺，有缺有圆，也许是月亮被打动了吧。

　　萤火虫一下子散开了，又合拢。汇成一条长河，向远处延伸。延伸到了月亮上吗？不管是什么，他们成了一条银河，从高空直泻下来。小红甲虫似乎又换了件乐器，也许是大提琴。声音是那么的低沉、雄厚。河水奔涌着下来了，"哗——哗——"撞击着，拍打着石头，溅起激荡的色彩。演奏者也陶醉了，混入了萤火虫的队伍，边飞边奏。她也化成了一道浪花穿行着，在银河的众多浪头中，发出异样的美丽声响。

　　没有掌声，只有陶醉。露台上那舞动的身影还在继续的，那是自然纯美的乐章。过了不知多久，终于谢幕了，是自然与心灵的交响！

（指导教师：刘娟）

恐龙复活记

焦鲲鹏

公元3000年的一天，远古生物研究专家古异想和助手们在天茫山深处的一个很宽阔的大湖附近，静静地等待着不少人曾目睹过的外形酷似恐龙的湖怪。

早在一千年前，人类已开始有所醒悟，不再污染空气、破坏水资源和毁坏森林等。现在地球已经基本恢复到了两千多年前的样子，动物种类大幅增加，大自然又焕发了勃勃生机。古异想却一直有块心病，他一心想制造出真正的恐龙，但苦于没有时光机，去不了恐龙生存的那个时代。

接连在大湖边蹲守了半个月之久，助手们大都有些不耐烦了。这一天，就在他们失去了最后的耐心，准备撤离的时候，突然，水面激起了数丈高的浪花，一只脖子足有十几米长的怪物跃出了水面。古异想异常兴奋，立即拿出了"复制相机"，迅速地对着这只巨大的怪物连拍了好几张照片。这个复制相机不仅可以照出生物的外形，还可以复制出该生物的基因。那一刻，他激动得差点把相机掉进水里。根据他多年的经验分析，这是侏罗纪晚期幸存下的蛇颈龙的后代。

回到实验室，古异想很快将洗好的照片放进基因组合机内，又将一只蛇颈龙的化石放入一个大型基因组合机内。对接好这两台机器后，他又在另一个生物组合机内放入几千个鸡蛋壳，并将它和那两个对接好的机器对接。此时古异想内心很激动也很焦虑，激动的是很可能就要复制出恐龙，焦虑的是因为这种基因机器是第一次使用，能否成功还很难说……机器运行了大约半个钟头后，一个完整的蛇颈龙蛋出现在大家面前。此时古异想的心都提到了嗓子眼，他小心翼翼地将恐龙蛋放入恒温室内的保温箱里。

两个月后，一只重一百多斤的小蛇颈龙诞生了。大家把小蛇颈龙放入水池内让它适应水的环境。小恐龙出世的消息成为各家媒体争相报道的头号新

159

闻，来采访古异想的记者就达上万人，古异想更是一夜成名，红得发紫。

　　面对种种殊荣，古异想并没有停止对恐龙的研究，而是将国家奖给他的两亿联合国币全部用于研究恐龙。不久，古异想终于研究出一种新的机器——记忆吸收器。他想，那个化石蛇颈龙活着的时候一定见过许多别的恐龙，在它死后这些记忆仍保留在大脑中，而这只小蛇颈龙的大脑的部分来自于它，那么小蛇颈龙大脑中也一定有别的恐龙的模样。果然，他用记忆吸收器对小蛇颈龙进行记忆吸收，然后将记忆进行放映，他不仅看到了流淌的小河，各种奇形怪状的植物，还有许多恐龙，如霸王龙、剑龙……古异想于是根据这些记忆图像又用同样的方法制造出上百种恐龙，并征得动物保护部门的同意将这些恐龙放进了大山里。

　　然而，令古异想和动物保护部门万万没有想到的是，大部分恐龙都好战，根本不会与人类友好相处。几年过后，恐龙的数量激增，森林又被严重毁坏，许多物种再次灭绝或濒临灭绝，许多人还遭到恐龙的袭击，人类又面临着一场新的生存危机……

（指导教师：张建梅）

青蛙历险记

刘 华

　　一轮明月挂在天空，碧波万顷的禾田中，我们青蛙此起彼伏地欢唱着。今晚，我约了几个好伙伴，一起到对面的那块大秧田里捉害虫。

　　身上绿色的迷彩服帮了我们大忙，我们几个像游击队员一样，从高高的禾丛中疾跃而过，溅得水花四射。阿三不光跳得高，歌也唱得好。只见它鼓着两只大眼睛，长舌头一伸一卷，扑通，它捉住一只飞蛾。看得我们几个小伙伴"呱呱"叫起来，一起为他喝彩。

　　突然远处射来一道雪亮的手电筒光柱，一个黑影伴着咚咚的脚步声向这边走来。

　　"啊！捕蛙人！"伙伴们失声惊叫起来，"呱呱"，一个个吓得掉头就逃。可是迟了，那个手持钢叉、打着手电的捕蛙人堵住了我们的路。只见他手起叉落，几个伙伴先后发出惨叫。

　　这时，雪亮的电筒光一下照在我的身上，我正要钻进水底，忽然觉得背上一阵钻心的疼痛，眼前一黑便晕了过去。

　　"喔喔喔——"已是黎明时分了。肚子痛得要命，我睁开眼一看，是一个陌生的世界——捕蛙人的木桶。桶外边，捕蛙人正在换衣服，他准备把我们拎到菜市场上去卖了。

　　"呱呱呱——"耳边传来一片伤心的哭声。阿三，忽然我发现阿三也在木桶里。"完了，我们死定了。"阿三也发现了我，它一边流着泪一边拖着一条受伤的腿，吃力地朝我这边挪过来。阿三的妈妈和四个叔叔都是被捕蛙人抓去的……

　　我俩绝望地闭上了眼睛。

　　这时一个小男孩的脸出现在桶边，他是捕蛙人的儿子。他惊恐地看着桶里我们这几十只青蛙。看了一会儿，他情不自禁地伸出一只手来摸我，我吓

161

得"呱"一声，拼命地往旁边一跳。

他忙缩回手去，回头对他爸爸说："爸爸，你瞧这些青蛙多可爱，你把它们都放了吧！"

立刻响起一个粗暴的吼声："去去去，小孩子懂什么，快走开！"

小男孩不情愿地站起来。他望望我们，似乎不甘心，说："爸爸，那你给我留两只玩，可以吗？""好好，拿吧。只准拿两只。"捕蛙人不耐烦地说。

小男孩飞快地蹲下来，从我们这群可怜兮兮的小伙伴中，轻轻地捉住我和阿三的腿，朝屋外走去。

走了很远很远，终于来到一块我熟悉的秧田边，他把我俩放下，喃喃地说："去吧，小东西，我只能救出你们两个。"我和阿三噙着感激的泪水，用尽全身的力气"呱呱"地叫了两声，忍着伤痛跃进秧田中。

（指导教师：张坤）

山羊·苜蓿·蚯蚓

张静怡

一群可爱的山羊住在山坡的南面，那里阳光充足，十分温暖，所以，那里是他们的快乐家园。美中不足的是这里的土地贫瘠，长出的小草枯黄瘦小。没办法，山羊们只好每天辛苦地翻过山冈，到山坡北面，那里是一片广袤的草原，长满了山羊爱吃的苜蓿。

秋天到了，苜蓿结满了果实，苜蓿妈妈对孩子们说："你们已经长大了，该离开妈妈，开始你们自己的生活了！"

正在这时，传来了"咩咩"的声音，一群雪白的羊儿走了过来。小苜蓿灵机一动，说："小山羊，你能把我带到一个很远的地方吗？"

"哦，当然可以了！当我碰到你妈妈时，你跳到我的背上就行了。"小山羊说。

傍晚，羊儿们吃饱了，翻过山冈，回到山坡南面。小山羊撒着欢，跑啊、跳啊、打着滚……就这样，藏在绒毛里的苜蓿种子被丢在了家门口。

漫长的冬天过去了，春姑娘抚摩着丢在小山羊家门口的苜蓿种子，它们喝饱了水，努力地把根向地下扎去。可是这里的土地太硬了，小苜蓿得不到土壤中的水分和营养，所以长得又瘦又小。这时，一只在土壤里睡觉的蚯蚓醒过来了，它长长地伸了个懒腰，碰到了小苜蓿嫩嫩的根，说："这儿的土壤这么硬，你这样嫩的根怎能扎得下去？让我来帮助你吧！"

蚯蚓蠕动着身体，把小苜蓿四周的土壤松了个遍。小苜蓿的根越扎越深，获得了土壤中更深地方的水分和养料，所以长得十分健壮，很快开了花。苜蓿凋谢的花瓣和老掉的叶子落在地上，成了蚯蚓最好的食物。

就这样，山羊帮助苜蓿传播种子，蚯蚓帮助苜蓿健康地生长，苜蓿呢？

它给蚯蚓和山羊提供充足的食物。

　　在他们的心中，都对对方充满了感激，同时，他们也都意识到：帮助别人，就是在帮助自己！

　　　　　　　　　　　　　　　　　　　　　　（指导教师：薛兴民）

小树林的四季

董丰豪

我姥姥家附近，有一片面积不大的树林。那片小树林四季变化很大，大得令人称奇——

春

春天是万物复苏的季节，冬雪已经融化，土地变得软绵绵的。草已经冒尖了，可树却还在睡懒觉。春风像位慈祥的母亲抚摩着孩子们："小树们快醒醒，再不醒来就见不到春妈妈啦，要知道夏天很快就要来了……" 在春妈妈即将离开的几天里，小树们终于醒了，和春妈妈进行一番道别。

夏

夏天一眨眼就到了，小树们回味着春妈妈的教导，决心要好好生长，不辜负春妈妈的苦心。你看，才二十几天，柳树妹妹的头发已经快遮住眼了，别人都羡慕她这一头秀美的长发呢！看看，经过夏雨的洗礼，好久没洗澡的柏树弟弟现在多精神！小草们越长越高，完完全全覆盖了地面，好像绿毛毯一般。

秋

然而，秋天来了，小草们一个个垂头丧气，等待着大自然的审判。柳妹妹和柏弟弟已经变成了家长，种子宝宝一天天长大，但他们心里一点都不好受，因为很快就要和他们的baby离别了。还好，总会有一些种子留在他们的身边……

深秋，柳妹妹又开始经历脱发的苦难。开始，柏弟弟还嘲笑她两句，但不几天就转为同情和安慰了。他也该为自己准备准备啦，毕竟寒冷的冬天就要来了。

冬

直到有一天，雪阿姨穿着漂亮的白纱裙从天而降，冬天到了。在雪阿姨温柔地劝说下，柳树妹妹终于想开了，穿着雪阿姨送给自己的白衣帽，开始期盼春妈妈的到来，慢慢地竟然睡着了。

冬去春来，年复一年，小树林跟着四季的脚步不断变化，永远永远……

（指导教师：李建平）

小 竹 笋

徐 娟

　　春天到了，淅淅沥沥的小雨下了几天。山坡上茂盛的竹子好像穿上了干干净净的翠绿色衣裳。青翠的竹叶上挂着晶莹的水珠，光彩夺目。刚刚升起的太阳照在上面，五颜六色，像一个个小彩灯，好看极了。

　　咦，静悄悄的竹林里怎么好像有声音？啊！原来是地下的小竹笋，它们喝饱了甘甜的雨水正一个个努力向上钻呢。东边一个，西边一个，小竹笋们拱开压在头上的土，露出毛茸茸的又尖又硬的小脑袋，脑袋上还顶着一颗颗闪亮的珍珠。

　　竹林边有一块大石头，像一只大黑熊压在上面。几个小竹笋钻呀，钻呀，正好钻到大石头的下面。

　　"哎呀，这可怎么办呀？"小竹笋们着急起来了，"大石头，你醒醒，你给我们挪一下地方，让我们钻出去好吗？"大石头没有理会，仍在呼呼大睡。

　　"大石头，大石头，你醒醒呀，能给我们挪一下地方吗？"小竹笋喊了一遍又一遍，大石头依然呼呼大睡。一个小竹笋说："我们把它推醒！"说着用尖尖的硬硬的脑袋去顶大石头的后背。大石头觉得痒痒的，睁开眼一看，原来是三个小竹笋，它有点生气地说："原来是你们三个小家伙，要我挪地方，不可以，要么，你们从我身边绕过去。"

　　两个小竹笋害怕了，它们低下头，弯了腰，使劲地向大石头的旁边钻去。由于它们实在太累了，尽管也钻出了地面，但长得歪歪扭扭的，瘦瘦弱弱的。

　　而剩下的那个小竹笋却没有被大石头吓倒，它仍然用尖尖的脑袋顶着大石头。一天，两天，三天……小竹笋被石头压得越来越粗，力气也变得越来越大。

有一天，小竹笋觉得浑身充满了力量，于是，它用尽全身的力量，努力向上一顶，只听"哗"的一声，大石头被掀开了，翻了一个身。小竹笋终于钻出了地面。此时，它看见了太阳公公慈祥的笑脸，大哥哥大姐姐们正在热情地招呼着它呢。

后来，这棵小竹笋拼命地成长，越长越高，越长越粗，它长成了竹林中最粗壮最高大的竹子。

（指导教师：薛飞）

第十二部分

寻梦花园

没有寻找，只有等待，是年幼的我们

只有寻找，没有等待，是年少的我们

谁能告诉我

要追逐风该往哪里跑

谁能告诉我

要拥抱光应往何处飞

——梁燕欣《寻痕》

寻　痕

梁燕欣

那些由微风倾诉着的童谣

那些由童谣伴随着的微风

都在这一个漫长的黑夜里苏醒

所有的碎片都被拾了起来

在无数块镜子下

映照出最初的那份纯真

所有的伤口都被展露出来

在无数个风雨后

重新愈合成一道淡淡的疤痕

是谁在诉说那些过去的事

看曾经看过的书

走曾经走过的路

唱曾经唱过的歌

直到现实的钟声敲响

那些光阴的故事

全被时间长河的急流冲走

到达终点的人似乎又回到起点

而站在起点的人却怎么也望不到终点

没有寻找，只有等待，是年幼的我们

只有寻找，没有等待，是年少的我们

谁能告诉我

要追逐风该往哪里跑

谁能告诉我

要拥抱光应往何处飞

（指导教师：王海兰）

冬去，春来

王至爽

雪，不再飘飞。
冰，渐渐融化。
冬，正悄悄离去。
让我们脱下厚厚的棉衣，
告别冬吧。
像鸟儿长出新羽，
像大地披上彩衣。
突然，我看到小草——
偷偷地露出了嫩绿的头。
啊，春天来了。

（指导教师：于艳）

171

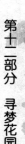

寻 找

刘雨帆

如果我是一条小鱼，
我会去寻找属于我自己的那条河流。

如果我是一粒种子
我会去寻找属于我自己的那方土地。

如果我是一只小鸟，
我会去寻找属于我自己的那片天空。

172

也许你会俏皮地问我：可你不是它们呀。
你去寻找什么呢?

我会坚定地告诉你：
我会去寻找属于自己的那份信念和理想。

（指导教师：颜田秀）

妈妈·阳光

王子薇

妈妈，
如果您是温暖的阳光，
那么我愿做一株小小的向日葵。
你金色的木梳轻轻梳理我的长发，
我用最真挚的微笑回报您的温柔。

妈妈，
在千姿百态的花朵中，
我实在太平凡。
就算你藏在云朵背后，
用雨幕遮住美丽的脸庞，
我也会向您每天微笑。

妈妈，
多希望能长在您的身边。
白天接受你精心的呵护，
夜晚和您一同进入梦乡。
在清晨你醒来的那一刻，
听到我轻轻的问候。

（指导教师：赵翔）

青春是什么

李文燕

青春是什么
青春是洁白的翅膀
带你翱翔天际

青春是什么
青春是绽放的花朵
散发着迷人的气息

青春是什么
青春是无穷的知识
让你探索不尽

青春是什么
青春是岁月的印记
刻下美好的回忆

（指导教师：钟燕华）

第十三部分

苹果里的星星

　　树，为什么树不会走路呢？哦，原来是因为它只有一条腿，而我有两条腿，所以我会走路。呵呵，那太好了，我比它厉害。

　　……

　　为什么雨点是往地上掉而不往天上飞呢？哦，原来地面是它们的家，它们出去玩了就要回家！

　　……

　　大海，大海为什么喜欢喊叫呢？原来有的浪花跑得太远了，大海要叫它们回家。

——杨逸《童年痴想》

回味幸福

纪文骞

那片花园，那棵大桃树，那个食杂店，还有那群小伙伴。每当回忆起这些，我都会微笑，心中就满是感动，就会体会到童年的宝贵与美好。

江城丹东，一个柔情加热情的小城，依山傍水。我喝着鸭绿江水长大。儿时的我和姥爷躺在摇椅上，听着收音机，赏花。姥姥则安静地做着针线活。我跟太阳一起起床，一起回家。楼下的花园，小伙伴成群成伙，捉迷藏，弹玻璃球，跳皮筋，掏蚂蚁窝，爬树……这些最原汁原味的游戏编织了我清明透亮的童年时光。

夕阳西下，我还躲在岗楼里等待着"敌人"的到来。"丫蛋儿，开饭喽！"一听到姥姥的呼唤，我就迫不及待地奔回家。桌上已盛满了香喷喷的饭菜。"不急，先润润喉哦。"姥爷端上一碗酒酿，凉凉的。上面还浮着桂花，清香扑鼻。我狼吞虎咽地吞了起来。"这丫头，慢点慢点，不急不急。"姥爷摇着一把大蒲扇，笑呵呵地望着我，摩挲着我的小脑瓜。

冬天，楼下的小花园里一片雪白。一大清早，我便冲破温暖的束缚，张着小手冲向小花园。不忘在楼口的小食杂店买几个小鞭炮，放在雪地里，"嘭嘭嘣嘣"一阵欢叫。和小伙伴堆雪人，两只小手冻得通红，却不肯停下。胖胖的雪人堆好了，我和小伙伴们开心地欢呼着，雀跃着……

不知道已经有多长时间了，我再没有痛痛快快地打一次雪仗，无所顾忌地在楼下疯跑，舒舒服服地睡个好觉。当我穿梭在校园里，经过主楼门前的那几棵高大静默的银杏树时，总是会不由自主地放慢脚步。风吹过，树叶"沙沙"的声音，好像是回忆的精灵。耳畔响着这"沙沙"声，思绪也回到了那个盛满我童年的小花园。忙碌繁重的课业，激烈残酷的竞争好像早已把那种惬意而浪漫的生活和心情带走了，永远地带走了。

离开丹东已经八年了，每当我夜里梦到童年的小花园，或是回想那段日子，我脑海里总是响起"小燕子，穿花衣，年年春天来这里"的歌声。我盼望有一天，我也能化作一只小燕子，飞回童年，重温那段幸福。岁月已逝，至少我还有宝贵的回忆，可以在我迷茫时，幸福回味，回味幸福。

（指导教师：刘红）

第十三部分　苹果里的星星

苹果里的星星

王玉坤

限制自己的视野，你能看到的只是一块令人生厌的天地。试着换个角度，让自己的视野更开阔些，也许能发现一片令人欢喜的新天地。

记得很小的时候，爸爸跟我做过这样一个游戏。一天，我抱着一个大大的红苹果独自玩得不亦乐乎，爸爸走过来对我说："红苹果里面有什么呢？""苹果里面有核呀！""不对，苹果里面有颗星星。你能找到它吗？"于是，我拿起水果刀准备切开它。"错了，这样可找不到，再想想。"平日里妈妈不都是这么切的吗，难道还有别的切法？思索良久，我把苹果换了个摆法，横着放在桌子上，一刀切了下去。果然，一个可爱的小星星出现在苹果里。

孩子的童年只有一个，我是幸运的，在爸爸的引导下，童年的创造力没有被扼杀。我学会了换一个角度看问题，发挥自己的创造力，去寻找"苹果里的星星"。

不久前，老师让我带领全班同学布置教室，我一改以前把布置教室当成是打扫卫生的习惯，发挥自己的创造力，和同学们一起把教室布置成了"太空舱"，结果全校轰动，同学们纷纷到我们教室参观呢！

发挥创造力，换一个角度看问题，你也会发现"苹果里的星星"，属于你的天空也将精彩无限！

（指导教师：王孔文）

童年痴想

杨　逸

　　童年的我总是傻傻的，总在胡思乱想，虽然已是过去式，但我依然铭记在心。

　　树，为什么树不会走路呢？哦，原来是因为它只有一条腿，而我有两条腿，所以我会走路。呵呵，那太好了，我比它厉害。

　　包子，吃包子的时候，包子为什么会流出水来呢？啊，是我把它咬痛了，所以它哭了。真的很对不起啊，包子。

　　雨为什么会下雨呢？原来是因为天空被乌云弄得太脏了，不洗的话就会变黑了。

　　为什么雨点是往地上掉而不往天上飞呢？哦，原来地面是它们的家，它们出去玩了就要回家！

179

　　雨为什么又会停呢？哦，原来它们突然不想回家了！

　　月亮，月亮为什么有的时候胖有的时候瘦呢？哦，原来它有时候听妈妈的话，好好吃饭，就是胖的；有时候它不听妈妈的话，总是挑食，就变瘦了。

　　大海，大海为什么喜欢喊叫呢？原来有的浪花跑得太远了，大海要叫它们回家。

（指导教师：黄海青）

童年村事

邹宗丽

　　我的童年，留在皖西乡村的一个小寨，那里的一山一水、一草一木，塑造了我文静、淳朴的性格，为我打磨出一份恬静而又充满诗意的生活。尽管时间可以淡化一切，但那段感觉还是常常让我驻足。

　　那年夏天，我随父母一起来到那个小寨的奶奶家。

　　村里的小伙伴们大多比我年龄大，却没我长得高。冬天我们一起去看戏，回来后，我们把家里的枕巾缝在袖口上，一边甩着长袖，一边咿咿呀呀地唱。我最喜欢父亲教我的《苏三起解》，一边学着戏里的苏三叫着"爹爹，爹爹，爹爹呀——"一边作凄惨状。有一次，我突发奇想，约好小伙伴们一起到外面去边卖唱边要饭，晚上就找个草垛睡觉。我们几个人，每人准备了一只竹篮、一个木碗、一根打狗棍就打算上路了。走之前我们没忘和家里人打声招呼。结果自然是招来一顿打骂，我们的"要饭计划"随之夭折。

　　犹记得无数个夏夜，星空下，池塘里的浮萍柔柔地漂着。我们躺在竹凉床上，摇着芭蕉扇，听大人们说着那些遥远的故事，就这样迷迷糊糊地睡着了。据说每到农历七月七那天夜晚，天上的门将大开，人间有缘分的人就会看到花团锦簇的天空。于是每年七月七的晚上我都不想睡觉，相信自己是和天宫有缘分的孩子，但结果往往是到半夜我才失望地睡去。

　　寨子里有许多漂亮的姑娘，逢年过节就见她们的男友提着盖红布的篮子来了。他们的到来，总是让姑娘们变得十分羞赧。于是，第二天河边洗衣的妇女们有了谈资：哪家的礼轻，谁家的礼重。而到了节日那天，姑娘们就红着脸，跟着男友上路到对方家过节了。

　　姑娘出嫁时，是要哭嫁的。姐姐出嫁时，我就陪着哭嫁。在我幼小的心里隐约觉得，姐姐要出嫁了，家中的希望都在我身上，而我的未来是渺茫的，不由得哭了一次又一次。姐姐看我哭得一塌糊涂，也哭得很厉害。这让母亲更伤心，她也无声地抽泣起来。

就这样，伴着山寨的欢乐与忧伤，我一天天地长大了……

袅袅雾气中，我想念着童年的村庄。怀着对山那边的憧憬与向往，我努力着。偶然回望那如烟如雨的日子，总有莫名的伤感涌上心头。

（指导教师：侯守斌）

第十三部分　苹果里的星星

童年里的小兔

徐 娟

在我的童年里，我有两个可爱的小伙伴，一想起它们，我的心中便荡起丝丝的甜蜜。

我九岁那年，伯父送给我和哥哥两只小兔子，一灰一白，因此，我给它们取名一个叫小灰一个叫小白。从那时起，我的生活变得更加有趣了。

小兔子的一日三餐由我负责。一大早，我便到田里"干活"了，这一大篮红薯叶子就是我的收获。我把兔子从笼子里小心地抱出来，轻轻地放到地面上，又从篮子里拣出嫩嫩的叶子，放到距离它们一米的地方。它们看见了，后腿轻轻一蹬，便向叶子扑去，动作麻利而敏捷。它们吃得那样专注，两颗洁白的门牙露了出来，像一把锋利的剪刀将红薯茎叶截成一段一段送进嘴里，仿佛恨不得一下子把整篮叶子都吞下去。但它们的嘴太小了，只能快嚼慢咽。看着它们吃得津津有味，我的嘴巴也不由自主地跟着动起来。有时它们干脆跳进篮子里，伏在叶子上进食，两个小家伙还真贪心。

天气一天天地变热，小兔子也渐渐地长大了。我和哥哥商量，决定让它们有一个新的面貌。于是我们找来一把锋利的剪刀和一条长板凳，准备为它们剪兔毛。

哥哥紧紧地抓住小灰的腿，双腿夹住它的整个身子，把它牢牢地按在板凳上，我便张开剪刀指向它。在这样的架势下，小灰早已被吓得惨叫，仿佛在向我们求饶，身子也在不停地挣扎。看到它好可怜的样子，我久久不敢下手，弄得哥哥骂我胆小如鼠。我哪里是胆小怕事啊，这是我一年多来朝夕相处的伙伴，叫我怎忍心下此"毒手"啊！在哥哥的建议下，我们只能互换工作。我找来几片红薯叶给小灰吃，等它吃得津津有味时，就用一只手轻轻地把它按在板凳上，另一只手轻轻地抚摩它的身子。它不再挣扎，而是轻闭眼睛，好像很舒服的样子。这时，哥哥的剪刀在兔子身上飞速地移动，小灰似乎一点也没有察觉。十多分钟后，一大堆茸茸的兔毛已摆在桌子上了。我们看着小灰光秃秃的红红的身子，说："你要改名了，该叫小红了。"但我们相信，这只是暂时的，不久小灰便会重新长出灰色的茸毛。当然，小白也没有逃过这一"劫"。

虽然我家很久没有养兔子了，但小灰和小白的样子深深地印在了我的脑海里，它们给我的童年生活增添了无限乐趣。从它们身上我也认识到，动物也是有灵性的，只要我们多给予它们爱抚，便可以与它们和睦相处。

（指导教师：覃向先）

第十三部分　苹果里的星星